时光深处

郭瑾 著

吉林文史出版社

图书在版编目（CIP）数据

时光深处 / 郭瑾著. -- 长春 : 吉林文史出版社, 2022.1
ISBN 978-7-5472-8436-0

Ⅰ. ①时… Ⅱ. ①郭… Ⅲ. ①随笔－作品集－中国－当代 Ⅳ. ①I267.1

中国版本图书馆 CIP 数据核字(2022)第 007281 号

时光深处
SHIGUANG SHENCHU

出 版 人　张　强
作　　者　郭　瑾
责任编辑　陈春燕
装帧设计　南京远东书局
出版发行　吉林文史出版社有限责任公司
地　　址　长春市净月区福祉大路 5788 号出版大厦
印　　刷　廊坊市旭日源印务有限公司
开　　本　700mm×1000mm　16 开
印　　张　15
字　　数　242 千
版　　次　2022 年 1 月第 1 版
印　　次　2022 年 1 月第 1 次印刷
书　　号　ISBN 978-7-5472-8436-0
定　　价　50.00 元

第一辑

时光的馈赠

感谢时光，将我的心沉淀得敏感而细腻，

让我于纷繁世俗之外，去审视，去品察，去感

悟……

愿这些文字能带给你一份疏朗，一份从

容……

江畔随想

黄昏的万景园。

漫步在江畔，我惊诧于眼前宁静的江面。先是缓缓而行，后来，我索性停下脚步，坐在江边的石凳上，任目光长留在那梦幻般多彩曼妙的江面上，那三分碧蓝、三分桔绿、三分鹅黄，还有一分朦朦胧胧的浅藕……江上的芦苇根根插入水中，清晰得像水墨画的线条，天边的晚霞绚丽无比，与江面近乎浑然一体，就连江心洲上的楼房也成了这幅画的点缀……

看着看着，暑气已渐渐散去，心渐渐变得澄澈，变得透明，变得轻盈无比。

江水就在我的眼前，就这样静静地流淌着。我想起了唐代那位因《春江花月夜》而不朽的诗人。他曾立于月夜的江边，发出"江畔何人初见月，江月何年初照人？"的感慨。

此时，月亮还没有升起，四周是一片澄明。我把目光移向了江边的那排垂柳，那树干合抱之粗，树冠如云般遮蔽着草坪。我想，一百年前，它们就立在这江边的吧，一百年后，它们仍会屹立江边。而我们呢，从何处而来？又归向何方？生命，它的起点在哪里，终点又在哪里？

智者庄子对生命有过精辟的见解。他妻子去世时，惠子前去吊唁，却见他鼓盆而歌。惠子不解，庄子说："是其始死也，我独何能无概然！察其始而本无生，非徒无生也而本无形，非徒无形也而本无气。杂乎芒芴之间，变而有气，气变而有形，形变而有生，今又变而之死，是相与为春秋冬夏四时行也……"他认为最初的那一息存在于恍惚的大道中，一变而有元气，元气变化而有形体，进而有了生命。如今又变为死亡，这种生死的过程如四季的运行。

恰如冬天已经来了，春天便不会遥远之意。

如他所说，死亡不又意味着另一生命的初始吗？佛教有六道轮回，庄子哲学中有"气之聚散",有"死生如昼夜,"有"天地与我并生,而万物与我为一"……

当我们理解了这些之后,也就不再惧怕生命归途的黑暗了吧?

那么,在现实的人间呢?我们毕竟是凡夫,仍有名要争,仍有利要逐,仍有情要牵挂,仍有患得与患失。只是,对世间的纷争,人情的冷暖,患得与患失,不再那么执着,不再那么痛苦,会看得轻一些、看得淡一些吧。

正如这一江碧水,历经岁月之沧桑而终归宁静,容纳世间之万象而依旧美丽。

若在世间日久,若迷失了自我,若疲惫与不堪,就到万景园的江畔来走走吧。那宁静的江面会平复浮躁的心,会给人灵感,会给人智慧,会让人拥有入世之清醒、出世之坦然。

黄昏,江畔,灵魂的补剂。

那些瞬间

有时，不经意的那个瞬间，让人动容。

初春的幕府山，万物复苏，生机盎然。我沿着山路前行，看流云，赏新叶。来到一条山涧，听鸟鸣啾啾，我不由止步，寻一块山石坐下，偶一低头，却见山石下一片湿润的暗绿，定睛一看，原来是绿茸茸的青苔，上面还有纤细的芽儿，顶端似有白色的小点儿。忽然想起了袁枚的"苔花如米小,也学牡丹开。"生命，原来是可以如此呈现的呀。

清晨，和往常一样，迎着朝阳，沿着那条小径走向学校，朝去暮归，我太熟悉那条路了。这个清晨，忽然发现小径两旁的枝头绽放着洁白的樱花，轻似云，艳似霞，我如同在画中行。那一瞬间，我圆睁双目:它是何时绽放的？记得昨日，还是稀疏的枝条呀，难道，一夜春风，千树万树相约绽放，是为了给我一个惊喜吗？

那个黄昏，我骑车匆匆前行，忽然看到从大路延伸出去，在那极远极远的天边，一轮落日挂在街道的尽头。那轮红日又大又圆，就这么静静地悬在广袤的天宇中。此刻，街道不再拥挤，车辆不再喧嚷，广阔的天宇下，就这么一轮红日，那么绮丽，那么辽远，那么寂寞，把我的灵魂全然摄去。

我喜欢走在繁华都市的大街上，观南来北往的人流，热闹中透着寂寥，喧哗中透着宁静。那日，和朋友相约茶社，聊天品茗。我坐在面街的玻璃窗边，偶一侧头，看绿灯亮起，一位衣着朴素有些蹒跚的老妇，牵着衣饰绚丽如花的小孙女，匆匆走在斑马线上。我蓦然想到，那年迈而沧桑的老妇，曾是花一般的少女，而那少女，终有一天也会成为手牵孙女的老妇吧？生命，究竟是怎样的一场轮回呢？

我爱登上城市的高楼，俯视霓虹灯闪烁，看立交桥伸向远方。只见那川流不息、向四面八方奔驰的车流，车灯与尾灯形成无数条流动的立体线条。我忽然感觉那样的流动仿佛是一个静止的画面。这时我的思绪会回到那遥远的洪荒，我想，这幅画的起点在哪里，终点又在哪里呢？

假日里，去温州安福寺，那是群山环抱着的清静之处。步入古朴的寺院大门，心顿时沉淀下来了。高大庄严的大雄宝殿让人肃然起敬，晨钟暮鼓，涤荡着世人浮躁的心。那个清晨，才四点多钟，打板声起，我来到阳台，依稀的夜灯下，忽然看到僧人们全部静立在大殿前的广场上，整齐，肃穆，端庄，安然。我惊诧了，一时间竟不知如何表达这种心情。在物欲横流、人心狂躁的尘世间，竟然有这样一群人，坚守着人最初的本性，似那清泉，似那洁净之莲！

其实，我们的生命中有多少个瞬间，那些瞬间让我们暂离世俗的喧嚣，回归自己的本心，让天性从灵魂深处释放出来，在天地间翱翔。

那个瞬间，多么轻盈，多么自由。

遥远的旷野

久居城市，高楼林立，霓虹闪烁，车辆奔驰，人流匆匆，熙熙攘攘，纷繁无比。

就连冬日，也因匆忙而失去了寒冷。

那印象中寒冷萧瑟、水瘦山寒的冬日呢？

终于，在元旦放假的那一日，老公驱车，带上我前往他苏北的老家。

车子在城市的大道上缓缓前行，我有些倦怠，便闭上眼睛，把车外的喧嚣屏蔽，任车内舒缓的音乐萦绕耳际。……

不知过了多久，我恍然睁开眼睛。

瞬间，繁华不在，车窗外已是广漠苍茫、空旷寂寥的原野！

那是原始冬日旷野啊，多么遥远，又多么熟悉！

我熟悉那冰封的闪亮河面，我熟悉那高耸挺立的白杨树，我熟悉那没有一片叶子光秃秃的枝干，我熟悉枝头的一个个鸟巢。我熟悉旷野里凛冽的寒风，我熟悉在寒风中飞舞的蓬草，我熟悉那田埂边颤抖的铜丝般的枯茎。我熟悉散落在旷野里稀疏的村落，我熟悉那一座座原始古朴的民房。我熟悉村落外一丛丛耀眼的翠竹，那绿色，点亮了冬的寂寞，苍凉中又透着春的气息。

我出神地望着车窗外那片广袤的旷野，那是一种怎样的感觉啊，是远离都市的宁静？是置身荒野中的寂寞？是莫名的空虚惆怅？是身体融入自然的渺茫？是灵魂得以安置的坦然？还是久羁樊篱的释放？抑或是身心得以升华的自由？

我闭目细思，任思绪缓缓流淌。

我的思绪回到了那洪荒的远古，回到了那人与自然初会的时代。

那时遍地万物，是具有神性与灵性的吧？那时的人类，是笼罩于神性云霓中的吧？人与万物是互相凝视，互相发现，互相认领的吧？旷野中的人类，对大自然是有恐惧感、神秘感，更有被天地恩宠的信任感吧？那是一种不能用物质的理由解释和说破的灵魂深处的深邃感，丰盈感和永恒感吧？

那时的老子，在苍茫天宇下，坐于幽谷山间，行于旷野河畔，仰观俯察，静思默悟。那颗心是多么的纯真，是多么的深邃，纯到不带任何杂念和杂质，清澈到透亮澄明，深邃到能容纳整个宇宙的倒影和幻象。他的眼睛，已不是俗眼，而是接纳了宇宙自然之灵气的"慧眼"和"天眼"。他用宇宙赐予他的那双眼去打量，去发现，他看见了宇宙向他默默地呈现那深不可测的玄机。他叩问天穹，他的心，与宇宙瞬间接通。

于是，在苍穹之下，旷野之上，清流之畔，一个穿越千古的旷世奇音徐徐响起，"道可道，非常道"……

接着，庄子也来到了旷野，他与好友惠子漫步于濠梁之上，他看着清澈溪流中的鱼儿，脱口而出"鲦鱼出游从容"，那种融入自然的愉悦感，那种"天地与我并生，而万物与我为一"的安静坦然，不正是灵魂的轻舞吗？

庄子妻子去世了，庄子长歌当哭，歌曰："生死本有命，气形变化中。天地如巨室，歌哭作大通。"再后来，庄子病剧，弟子对泣之……弟子们又欲厚葬之。庄子曰："吾以天地为棺椁，以日月为连璧，星辰为珠玑，万物为赍送。吾葬具岂不备耶？何以如此！"他认为自己以天地为棺椁，以日月为（陪葬的）美玉，以星辰为珍珠，天地用万物来为自己送行，葬仪如此周全，哪里还用得着诸多陪葬品。

庄子，早把生命放入无限的宇宙旷野之中了。

我又想到了释迦牟尼佛。

释迦牟尼于旷野之上，菩提树下。他身无覆盖，不避风雨，目不瞬动，心不恐怖。他全身放下，静坐默想，他融于宇宙中。宇宙便以本真的状态呈现在他眼前。他用大智慧关照，关照宇宙人生的缘起本真。在那个祥光普照大地的第49日，黑暗过去，智慧涌现，他遍观十方无量世界，遍观过去、现在、未来的一切事情，洞见三界因果……那日凌晨，明星现于苍穹，他豁然开悟，得无上大道！他悟道后的第一句话便是"善哉善哉，一切众生皆具如来法相！"

老子，庄子，释迦牟尼，他们的成道不都是在这苍茫的旷野中吗？

那旷野，是苍茫宇宙的大气场；是真气弥漫万象在旁的大气场；是壮丽无比，恢宏无比，神奇无比，超越了人与神的智力与想象力的大气场！

在这大气场中，他们心灵通透，于是产生了大悟、大道、大智慧。

……

我们是凡夫，置身于拥挤的人群，置身于名利场，生存场，竞争场……奔波着，疲倦着，劳累着，却不知早已远离了生命的本真。

恍惚间，抽身，离开了那喧嚣的尘世，融入这亘古不变，与古贤圣人共存的旷野。那种震撼，那种感悟，那种释放，那种心骛八极、驰骋四方的遐想，不正是上天赐予的吗？

叩首，苍茫的旷野！

那些花儿

教室的窗台上自摆放了几盆花草，孩子们的目光似乎也变得柔和起来了。

想起了王阳明的句子：你未看此花时，此花与汝同归于寂；你来看此花时，则此花颜色一时明白起来。

是的，自然万物都是有灵性的。我们的家园因有了它们而更加生机勃勃。

你看，那花花草草源于自然，被我们带到了身边，赋予它们形形色色的意义：荷，出淤泥而不染；梅，傲霜斗雪绽放枝头；迎春，朵朵笑脸报道春的气息；牡丹，雍容华贵气度非凡；水仙，空灵淡雅安静脱俗……对一株草、一朵花，你若细加品味，便有了人与自然融为一体的玄妙与广阔。

有谁还会拒绝花的造访呢。

在这躁动不安的世间，让花儿常留人间，更常驻于灵魂深处，让花儿抚平我们的心绪，让花儿滋润我们些许干涸的心田，如何？

漫步偶遇

这几日心里颇不宁静。

坐在办公室的落地窗前，我对着窗外的一池碧水发呆。

看多了世间的纷争，习惯了人情的冷暖，总以为自己可以超然。可人活世间，仍有许多的角色要去扮演，妻子、母亲、教师、员工……不知不觉间，离自己的初心越来越远了。

出去走走吧。

恍然想起，已有好久没去幕府山上了。

我仍记得春日幕府山上的情景。那时万物复苏，生机盎然。海棠如一盏盏红灯笼挂在枝头。二月兰开得恣肆灿烂，汇成一大片深深浅浅的紫色海洋。

如今呢？

我沿着山路拾级而上，眼前已然是初夏的景况。山坡上是一大片齐齐整整的草坪，郁郁葱葱，那细软的草芽密密地排在一起，好像一张多绒的毯子。草坪上的树木已婆娑成荫，在草坪上投下了多情的影子，丝丝阴凉透过初夏的风传来。

空中时有飞鸟掠过，不及我定睛细赏，它们就像箭一般，直冲向云霄里去了。路边有几个遛鸟的老人，他们有的手提鸟笼，有的把鸟笼挂在树枝上，笼中的鸟儿啾啾地叫着，虽然笼中有吃有喝，但它们还是不安分地在笼里撞来撞去。我不由得想起那句"始知锁向金笼听，不及林间自在啼"。

我边走边听他们聊天，从他们口中，我得知春日的山坳里曾有过一只花面小狼，持续叫了几天。我心中一紧：在这处处人迹、危机四伏的山上，那只小狼是怎么生存的？我忽然想到了那篇《狼行成双》，心中不觉有些凄然。

我折弯转向山坳，四周变得安静起来。渐渐地，一种空灵的若有若无的音律在空中弥散开来。那是古典的旋律，叮叮咚咚，轻轻流淌，舒缓潺湲，纤尘不染。似山泉流过溪涧，依稀可见颗颗鹅卵石；似樱花随风飘落，片片洒向天际；似粉蝶阵阵，在万花丛中翩翩起舞；似洁净青莲，在轻弹慢拨中冉冉绽放；似阵阵晚风，在松涛中飒飒作响……似春日江畔，波光潋滟，似春江潮水连海平，似海上明月共潮生，似滟滟随波千万里，似江流宛转绕芳甸，似月照花林皆似霰，似江天一色无纤尘，似皎皎空中孤月轮，似落月摇情满江树……

那音乐，是静谧，是安详，是灵动，是广远……它已经渐渐淹没了我，让我迷失在那旷古的绝响里了。

近了，走近了，随着音乐，我看到了一位衣着洁白的老者，在旷野里打太极拳。不，不是打拳，而是伴着音乐在独舞。阳光照在他的衣衫上，泛着纯净的光，山风吹动着他的衣衫，有一种翩然的仙姿。老人神态安详，身体缓缓舒展，动作如行云流水，身形如遇水蛟龙。一招一式，柔中带刚。仿佛天地间，只有音乐，只有灵魂的独舞。

伴着音乐，我静立在不远处。一颗心在缓缓下沉，忧虑与不安在我的心里平静了下去，如同雾霭消失在寂静的林中。

此刻，我感受到一种平静，一种坦然，一种安详，一种超脱，那是一种喧嚣之后的宁静，一种云淡风轻的雅致，一种灵魂回归的欣慰……

一曲终了，老人闭目收势。

我没有打扰老人，默默地转身，悄然离去。

冬 日

城市的冬日，依旧是繁华的。

行道树大多是香樟，树冠如一把把巨大的绿伞，树叶青翠而茂密，街道被装点得郁郁葱葱。大路中间的隔离带非常精致，上面摆放的植物色彩缤纷、造型各异。石砌的花坛从路两边延伸出来，上边是错落有致的草坪、矮灌木和过冬的花卉。知名的，不知名的花儿，都在城市的冬日里鲜艳地绽放着。

走在林荫道上，我想：这样的葱茏，这样的鲜艳，是冬日吗？

在我的印象中，冬日应该是寒冷萧瑟、水瘦山寒的呀。

终于，在元旦放假的那一日，老公驱车，带上我前往他苏北的老家。

车子在城市的大道上缓缓前行，车窗外，高楼林立；街道上，车水马龙。抬眼望，大幅广告扑面而来；商场外，电子屏幕变幻闪烁。

我有些倦怠，便闭上眼睛，把车外的喧嚣屏蔽，任车内舒缓的音乐萦绕耳际。

我闭目细思，尝试梳理自己的思绪。

等我再次转头向西，就在这时，西方的天边，赫然出现了一轮落日，天空的色彩瞬间由原先的苍黄变得绚丽无比，变得恢宏壮丽。那红日又大又圆，远看犹如一团正在燃烧的火焰，天边的彩霞恰似一副巨大的浓墨重彩的油画。此时，落日正缓缓下坠，正缓缓变大，它由天幕坠入树梢，由树梢跌入旷野，它缓缓地坠入地平线，变成椭圆，变成半圆，西方天幕渐渐变暗……终于，最后的余晖散尽，绚烂不再，恢宏顿无，只剩下寂寥的原野，归于宁静的空旷原野。

这个冬日。

繁华，寂寥，绚烂，平静。

如同读了一首史诗般，我长长地舒了一口气。

雪

（一）

　　小时候喜欢玩雪，呵着通红的小手，和父亲一起堆雪人，母亲在一旁观赏，一片灿烂，一片天真。现在喜欢看雪，看雪落在树上落在房顶，回想自己儿时的往事，想着年迈的父亲，想着远在天堂的母亲，心中空旷而寂寥。

　　说到空旷寂寥，便想起张岱的《湖心亭看雪》，"拥毳衣炉火，独往湖心亭看雪"。他看"雾凇沆砀，天与云与山与水，上下一白。湖上影子，惟长堤一痕、湖心亭一点、与余舟一芥，舟中人两三粒而已。"我想象有鸟觅食，低空盘旋几回，翅膀用力扇动的声音就在左右，一无所获，快快而走。张岱只见天地被雪染白，宇宙隐在一片茫茫中。

　　雪景堪赏处，往往要与寂寞相随。张岱坐在船头，如处云端，白茫茫的流烟散散淡淡。有风，冷冷刮在脸颊上，寒意使人战栗。人在看雪，不知雪也在看人。

　　雪也可以听，在静中。在暗夜的静中听雪，落于瓦屋，听觉上总是一种诗意。总觉得那些飘动的雪影是夜里浮动的香，幽幽然飘散而下。院子里无风，躺在床上可以听到窗外雪花落在屋顶上与地上，开始是绵密的木墩声响，不多时，声音越来越小，四周越来越静，像旧时的古中国，有巴金《家》中四合院的意境。

　　此时，再无睡意，披衣起床，想起了苏轼的承天寺，真想找个人一起在院内散步，可夜已深，只好作罢。

　　灯光下，一张书桌，一只火炉。一个人，一本书，一杯茶，却得独处的自适安然。

想改写一下蒋捷的词。

"少年看雪歌楼上，红烛昏罗帐。

壮年看雪客舟中，江凝云滞，孤鸿泣北风。

而今看雪僧庐下，鬓已星星也。悲欢离合总无情，一任庭落，点染到天明。"

（二）

听风听雨听雪听水，听鸟鸣听蛙声，这种美感与惬意常见于古人的诗文书画。文徵明说："古之高人逸士，往往喜弄笔作山水以自娱，然多写雪景，盖欲假此以寄其岁寒明洁之意耳"。我没有专门学过画，但母亲给我买过《芥子园画谱》，我赏那一幅幅山水画中，诸多雪景里，有山有水，独有一人，或抚松或坐石或驾舟，或隐于窗后或坐于案前。此人是画家自己，身处画中看雪听雪。这种意境太令人销魂。

在南京美术馆看过黄公望的《剡溪访戴图》，层峦叠嶂，峰岭竞立，山峰雄奇壮观，直插云际。山下是蜿蜒曲折的剡溪。小舟上，船家用力划桨驶离村落。山麓处村舍错落，屋内空寂无人，庭院盖着积雪。这积雪遥遥呼应王维的《雪溪图》，江村寒树，野水低舟，白雪皑皑，天地苍茫，一片寂静空旷。这是天地之雪，也是人间之雪。

古人画雪，雪景极其铺排，人极小，几近于无，常有舟船。譬如赵佶《雪江归棹图》、王诜《渔村小雪图》、高克明《溪山雪意图》，况味如《前赤壁赋》所云："驾一叶之扁舟，举匏樽以相属。寄蜉蝣与天地，渺沧海之一粟。哀吾生之须臾，羡长江之无穷。挟飞仙以遨游，抱明月而长终。知不可乎骤得，托遗响于悲风。"

国画中雪景应是留白之处吧。

雪落无痕

以前写过雪，那里有童年的记忆，有文人画家的雅致。其实天地间的雪，何止是闲情，何止是雅致，有率真，有旷达，有无奈，还有走投无路的渺茫啊。

《水浒》中，林冲英雄末路，且向草料场一步挨一步地走去。"正是严冬天气、彤云密布，朔风渐起，却早纷纷扬扬卷下一天大雪来"，"雪地里踏着碎琼乱玉，迤逦背着北风而行。那雪正下得紧"。

这雪有杀伐之气，气势威猛，林冲胸怀大恨，正常的人世，已没有他的安身之地了。最后，他把自己也变成了一场大雪。

《红楼梦》最后，葬母于金陵的贾政，先得到贾宝玉中举又失踪的消息，接着又知道他自己已被"恩赦"复职，便赶路回京。那天乍寒，下雪，夜间泊舟毗陵驿（今江苏常州市），见一人光头赤脚，披大红猩猩毡斗篷，向他倒身下拜，细看知是贾宝玉，刚要对话，忽来一僧一道，挟住贾宝玉飘然而去，还听到三人中不知哪一个在唱这首《古风·我所居兮》。诗全文如下：

> 我所居兮，青埂之峰；
> 我所游兮，鸿蒙太空。
> 谁与我逝兮，吾谁与从？
> 渺渺茫茫兮，归彼大荒！

宝玉已去，天地间只剩下茫茫大雪，却道是"白茫茫大地真干净"！

张岱湖心亭看雪，天地一白，人极小，极少，疏疏两三粒。人倒显得清冷孤迥起来，没有怡然自得之意。张岱看的其实不是雪，而是他自己。

"忽如一夜春风来，千树万树梨花开"，且看岑参的大雪。把一场大雪写得如此繁华热闹，把边塞奇寒写得如此富有生机，也只有唐人才能做到。唐人书法尚"法"，规整如仪。和魏晋人比较而言，唐人性情的东西少了些。

我喜欢晋人的率性，不为外界所役。不役于物，也不役于人。只是真心真意地活着。

《世说新语》载："王子猷居山阴。夜大雪。眠觉，开室，命酌酒。四望皎然，因起彷徨，咏左思《招隐》诗，忽忆戴安道。时戴在剡，即便乘小船就之。经宿方至，造门不前而返。人问其故，王曰：'吾本乘兴而来，兴尽而返，何必见戴？'"

山阴这夜的大雪，对后世的美学情趣和人生态度影响深远。这个事件，成为后世一个著名的诗歌典故和绘画题材，那便是《剡溪访戴图》。

溪山清远，雪落无声。边界消失了，物境和心境融为一体。

人生苦短，"寄蜉蝣于天地，渺沧海之一粟"，我们所能做到的，便是安然接受生老病死，好好享受一个过程。"乘兴而来，兴尽而返"，这种人生态度，在陶渊明那儿，得到了进一步深化，"纵浪大化中，不喜亦不惧。应尽便须尽，无复独多虑"。而陶渊明，魏晋风度在他身上才得到了最深刻的体现。这种时代精神，在他身上是静悄悄的，用他自己写大雪的名句来形容，就是"凄凄岁暮风，翳翳经日雪。倾耳无希声，在目皓已洁"。

陶渊明是真正有风骨之人。尼采曾说，"在自己的身上，克服这个时代"。读此语，首先想到，能做到这一点的即是陶渊明。一个伟大的人物，固然是自己时代的产物，但他逆风飞翔，自我超越、自我完善，从而提升或提纯了他的时代。

任何时代都有率性的人，都有旷达的人，唯独魏晋时代，率性之人众多，以至于成为一种奇光异彩的文化现象，令人仰视。

年年雪落，天地皆白。天地间的那场大雪，落在我们的心中，让我们独享那份空灵。

有一扇柴扉

身居闹市，高楼林立，车水马龙，霓虹闪烁，流光溢彩，可心中会有一种空荡荡的感觉，总遥想着儿时农村低矮的屋檐，青色的瓦棱，还有那木板码起的柴扉……

我想去敲敲那扇柴扉。那样的柴扉，没有城中防盗门的冰冷，没有黑木大门的厚重，在风中随意地关着，偶尔风吹门动，传来"吱嘎"一声响。

这样的柴扉，只存在于山中。

好在家离老山不远。选一个晴朗的周末，一个人在阳光下走着，路过象山公园，顺着一条山路继续向前行，愈来愈安静。路的旁边是一条溪水，干净，清澈，泛着亮亮的光，柔柔的水草随风舒展。路的两边是桃花、杏花，还有金黄的油菜花，开得一片洒脱、随意。空气中，漂浮着花香，也漂荡着生命的气息。

一个人，就这样随意地走着。

走多远了呢，随着山拐一个弯，再拐一个弯，一切的市声都被隔离了，一切的嘈杂声都远了。眼前，只有一条不宽不窄的路，伴着溪水，向前延伸着。忽然，我眼前一亮，一簇烟柳，几户人家，奇迹般地出现在山的拐弯处。

人家的房子，一律的白墙青瓦，都被院墙围着，围出了一片宁静，一片古韵。院墙是随意垒着的，高高低低，一曲一折。墙外就是路，一直延伸，串着另一家，再串着下一家。这样的院墙，都有一扇柴扉。

这柴扉就那么粗朴，一般都是木板做的。

用手轻轻敲敲，发出咚咚的响声。

大概院中人上坡去了吧，院子里很静，没有人声。山中的麦苗一片青绿，毯子一样，一块块在田里铺展开。田野里，有野鸡的叫声传来，咯咯的。还有别的鸟儿，唧唧地叫着，声音很嫩，很圆润，滴落下来，如一颗颗露珠。也有一只狗偶尔跑过，站在田边望着远处，伸着脖子汪汪地叫几声又呼地一下跑了，一直跑向远处，消失在阳光里。这时，正是薅麦草的时候，麦田里，有一个个黑点在动着。

整个山里，在日光下静静的，如一曲轻音乐。

墙头，有花。山里人不栽名贵的花儿，只栽了桃杏，还有梨。花一枝枝地伸出墙头，有开的，一片喜气；有半开的，羞羞答答的；也有未开的骨朵，宝石一样缀在枝头。望着这些花儿，还有花朵间飞舞如雾的蜜蜂，人的心如一片井水，不起一丝涟漪。

院中，偶尔有鸡叫的声音响起，有时也传来犬吠的声音。

我想，院中如果有人，会打开门，笑着请我进去坐坐。进去后，一张椅子，一杯茶，洋溢着一片热情好客的气氛。院子中，有一棵石榴树，刚刚吐出青绿的叶子。有一株芭蕉，在窗前，抽出一丝嫩绿，还没有展开。下雨的时候，当然听不成雨声，却能染绿一间房子的粉墙，能染绿人的心。

那边的葡萄架下，有一张石桌，石桌旁是几张石凳。

对了，院子里还有一块韭菜地，席子般大小，嫩嫩的，绿绿的。旁边有一根水管子，引来一股泉水，被一个水龙头管着，安在一个水池上。要用水的时候，打开水龙头，水哗的一声飞溅出来，一片晶莹。不用，就关上。

一个院子，就是一方山水田园。

一扇柴扉，就如一首王维的五绝。

"绿树村边合，
 青山郭外斜。
 开轩面场圃，
 把酒话桑麻"

此时，我就站在柴扉外，无须进去。

此时，我的心，已被这清新水嫩、鸟声嘹亮、山色青葱所浸染，变得轻盈而坦荡。

那古镇，那猫

　　行走于古镇，吸引我的，除了来自五湖四海形形色色的人，除了古朴的民居，除了小桥流水、舞榭楼台等江南元素，更是那一只或一群慵懒的猫。它们有时在屋顶上，有时在屋檐下，有时在窗台上，有时又在树荫下。古镇仿佛是一间天然的猫舍，而它们是此间的主人。

　　有了猫，古镇就有了灵气。记忆中，没有一个地方的生活节奏慢得过江南古镇，亦没有一座江南古镇的悠闲比得上一只猫的自在。它们打起盹来，天塌了都懒得理会，有人从旁边经过，同它们提出拍照的请求，它们只管乜斜着眼，睡自己的觉。没有人会忍心去吵醒一只熟睡的猫，就像没有人愿意在自己熟睡时被吵醒一样。猫的一场觉可说是为古镇的慢生活做了最好的代言，远胜于许多辞藻华丽的广告。古镇有猫，就有了格调，一如书店有猫，便有了气质。在江南，一杯咖啡，或者一杯茶，都不及一只猫能诠释古镇的内涵。

　　猫会老去，古镇也会老去，而在一起老去的过程中，它们的相处是那么的和谐啊。

　　那次到水乡绍兴，踏着泛青的石板路向前走，一抬头，在街巷的屋顶看见一只狸花猫，一如我年少时养过的那只，它愣愣地盯着我看，我也愣愣地看着它，直到同伴喊我，我才不舍地离开。到了鲁迅先生曾经住过的百草园，屋边的盆景之中又见着一只肥大的橘猫。这只猫沾了大文豪的才气，想来也是才华横溢的，如果它会讲话会写字，说不定能够出口成章、倚马万言。离鲁迅故居东边不远的地方有一座叫沈园的园子，那里藏着陆游和唐婉的凄美爱情故事，也藏着一只听故事的猫。

　　绍兴有猫，丽江有猫，扬州有猫，苏州也有猫。

　　有一年我和老公去丽江古镇，在溪岸觅得一条幽静巷子，巷子里一只白毛蓝眼睛的猫踱步其间，看见我们怯怯地叫了两声，随后用爪子拍打着一家酒吧的玻璃门，似乎是想告诉里面的主人：有客到了，别再睡懒觉了。我本想抓住那生动的瞬间，为它留一张照片，它却冲我打了个哈欠，跑开了。巷子尽头拱形的门洞前，不时有挽着手或是推着车的人走过，微风徐徐，让时光充满了闲适味道。

我曾在同里的银杏树下，西塘的咖啡馆里，甚至乌镇的游船上，见过很多种类的猫，却从未见过"养猫人"。到底谁是养猫人？也许是古镇的风景、古镇的水，也许是途经古镇的每一个人。每个来的人都是客人，也是猫的主人，或者说都想当猫的主人。

有一次，我遇着一只迷路的小猫，竟鬼使神差地跟了它一路。另一次，却是一只猫静静地跟了我几条街，仿佛前世与我有缘。更有甚者，一只花猫见了我，竟蹭着我的裤脚，我蹲下身把它揽入怀中，它闭上眼睛享受我的爱抚……最终，我轻轻放下了它。因为，它属于古镇，不属于我。

我可以为了一只猫将一个古镇重游数次。

猫守着古镇，温暖了岁月。

初春的雨曾经落在这里，夏天的彩虹曾经挂在这里，九月的秋风曾刮过这里，冬日的雪花亦曾覆盖过这里，每个季节，都有络绎不绝的游人来了又走，可是古镇还在，猫还在，人们的留恋与欢喜就还在。

冬天，猫儿们趴在窗台上懒洋洋地晒着太阳；夏天，它们潜入花丛中小心翼翼地躲着太阳。

每每想起猫，想起古镇，心中便泛起阵阵涟漪。

听听那鸟鸣

家住长阳的时候，清晨，常被阵阵鸟鸣声唤醒。那时忙于工作，竟没有留意，更不知那些鸟的名字。

渐渐地，生活节奏慢下来了，特别是今年，我在江北院子里住了一段时间。小区后面是绵延的老山，那里是鸟儿的天堂。我便有机会聆听那或洪亮或凄厉或婉转或粗犷的叫声。

听说布谷鸟是性格孤僻的鸟儿，听它鸣叫，要去山中。我沿着小路走向老山深处。我认识布谷鸟，身材比喜鹊小些，文学作品中常称之为杜鹃，是文人的最爱。周老先生连名字也取成了"瘦鹃"，还写过《杜鹃枝上杜鹃啼》一文。秦少游那首《踏莎行》也写道"雾失楼台，月迷津波，桃源望断无寻处。可堪孤馆闭春寒，杜鹃声里斜阳暮。"

我听到了布谷鸟的叫声，这是树林最动听的声音。日子温暖而晴朗，布谷鸟的歌声空旷辽远，似乎在讲述一个久远的故事。特殊的共鸣腔导致这种歌唱有了回声，在枝丫间回荡，触碰到我的耳中，带来初夏的清凉。这种调子的特点是悠长、缓慢，提醒着人们适应节气的变化。若是天气逐渐变热，这样的歌唱也大多停留在清晨或者上午时分。有时候我会怀疑这个歌手过于勤奋，民谣中收割麦子时才开始的提醒，它们已经提前完成了，好在如今科学种田，古老的民谣倒演变成生活中的点缀了。

山中听鸟鸣不是天天都能享受到的，于是，就有一些鸟儿莅临小区，登上演唱舞台。这是什么样的鸟儿呢？它们比布谷鸟更神秘，它们藏身在树丛中，从高处看，树木高大壮丽，在阳光下，叶片闪烁出油脂般的光泽。那些已经在小区里生长了许多年的树，其纹理的粗糙和新生叶子的娇嫩形成强烈的反差。这种鸟藏身于最茂盛的树梢，偶尔亮出歌喉：嘀——哩，嘀——哩，那是露水洗过的声音，水波一样在燥热的空气中荡漾出涟漪。

很多次，当我在书房读书时，总是试图寻找它们的身影，却一次也没有见到过。我对它们一无所知，姓名、籍贯、住址、它们的亲戚朋友，甚至想表达一下感谢的机会都没有，这多少让人有些遗憾。鸟类的世界跟人类世界有许多相通之处，人的世界里也有孤傲之士，他们或在流泉边读诗，或者扛了一把锄头下田。他们摆脱了凡俗世界的彼此攀附，不用看他人的脸色，不去追名逐利，他们在人群中过着自己的日子，享受自己的人生，保持自己的本色，无欲亦无求。就像这鸟儿，在树梢悠然啼鸣，怎么舒服就怎么叫，怎么舒服就怎么活，它给我许多启示。

鸟声更多时候人便清醒。当我烦躁不安时，当我疲倦不堪时，当我思绪枯竭时，当我身心疲惫时……听到那声声鸟鸣，瞬间，我会抖落一身烟尘，心又回到那自由而灵动的境界中了。

悠扬的笛声

"谁家玉笛暗飞声，散入春风满洛城"，李白春夜在东都洛阳城中闻笛，顿起思乡之感。"不知何处吹芦管，一夜征人尽望乡"，李益夜上受降城，也闻笛思乡。"草铺横野六七里，笛弄晚风三四声"，绿草如茵，原野广阔，一望无垠。笛声在晚风中断断续续地传来，悠扬悦耳。

贾母也有风雅之趣，中秋赏月，说，"须得拣那曲谱越慢的吹来越好"，曲子越慢，越抒情，越惹人兴发感慨。桂香幽幽，笛声细细，贾母倒听出凄凉之意来。

嵇康被杀之后，向秀出仕，前去洛阳。途经山阳，日落天寒，忽听笛声嘹亮，追思老友，感叹万端，遂作《思旧赋》。竹林青青，江山依旧，只是物是人非了。年轻时读鲁迅，曾怪他寥寥数句便煞了尾，后来才懂了。有些话，不能说，只好点到为止。活到一定份上，多余的情感，须有所节制。

笛声总是让人有所思，有所感。儿时，春天，假小子般的我喜欢吹柳笛。有腔无调，只是把一腔朦胧的欢快心情表达出来。还没有成形的心情，莫可名状的心情，多美啊，春水样波动。也吹过芦笛，到河边随手折一枝芦管，就吹起来。家中有过一支竹笛，斜挂在堂屋东侧的墙壁上。但没听人吹奏过。我拿下来，吹着玩儿，但只能发出呜呜咽咽的声音。

武侠小说中，铁笛可以作为武器。"羌笛何须怨杨柳"，羌笛在唐时，是边塞上常见的一种乐器，经常出现于唐代边塞诗中。值得一提的是，羌笛在唐代的"十部乐"中并没有出现，可见，羌笛在唐时并未正式进入宫廷或军队，只是当地人所用的一种自娱自乐的乐器。

说到笛声，联想起魏晋风度，实际就是一个综合性的文化现象。魏晋的书法、绘画、哲学、诗歌理论，异彩纷呈。而音乐，也成就极高。社会的大动乱时代，恰是文化的大繁荣时代。

想起了东晋时期的将领桓伊，他十岁时，便读书习武，观梅吹笛。《晋书》载，桓伊"善音乐，尽一时之妙，为江左第一"。就像王羲之是治郡之能吏，却以书名盖世，杜预能领军打仗，却癖好研注《左传》。桓伊也并非仅以音乐才华著称，他首先是一位优秀的军士将领，累有军功，参加过著名的淝水之战，与谢玄诸人大败苻坚，以功封侯。

《晏子辞千金》记载，王子猷赴京师之召，泊舟青溪之侧，桓伊恰好从岸上经过。二人素不相识，王子猷使从人谓之曰："闻君善吹笛，试为我一奏。"桓伊时已显贵，素闻王名，便下车，踞胡床，为作三调。毕，上车径去。"客主不交一言"。

晋人真是清风明月，洒脱不拘。此记载，妙的是"客主不交一言"。赏乐就是赏乐，没有一丝一毫的俗套寒暄，也只有晋人才能如此。

这就是魏晋风度中最旷达之处吧！笛声传出遥远的绝响，至今仍回肠荡气。

陌上花开

"东风袅袅泛崇光，香雾空蒙月转廊。只恐夜深花睡去，故烧高烛照红妆。"

中学时读到苏东坡的这首诗，便对海棠心驰神往了。袅袅的东风吹动了淡淡的云彩，露出了月光，月光也是淡淡的。海棠阵阵幽香氤氲在雾气中弥散开来，月亮已经移出了院中的回廊，诗人害怕深夜时分，花儿独自开放无人欣赏，于是，燃起蜡烛高高擎起，照亮海棠的美丽容颜。

谜一样的春夜，谜一样的海棠！

那时我家住在县城，杨树柳树之外，便是月季桃花，从没有见过海棠。我便在心中无数次地勾画起海棠的容颜。

后来到了省城，见的花多了，樱花、梅花、茶花……恣肆灿烂，如烟似雾。

可我神往的依旧是海棠。

在校园行政楼前面的花坛里，我终于见到了海棠。淡绿色的叶片呈椭圆形状，片片经络分明。花梗也是粉色的，细细弱弱的，悬在花朵的上方。一朵朵粉色的小花簇拥在一起，如同一盏盏垂下的小灯笼，又如一只只悬挂的小铃铛。阳光下，朵朵花儿随风摆动，仿佛能听到一串串细碎的风铃声。

我注目凝视这一片粉色的花海，有些恍惚，感觉那花太妖太媚，太娇太艳，心想它不是我的海棠，也不是苏轼的海棠吧！我心中的海棠，应该是寂寞的，应该是孤傲的，应该是兀自绽放在原野中的。

我要去寻觅我的海棠。

一日，去江宁乡下的一个亲戚家玩，我说到了这样的海棠。他送给我几株花苗，只是几根紫褐色枝干，我把它栽到院子里的阳台前。

第一年，它零星地长出几片叶子，没有一朵花。冬日，叶子落光了，又剩下几根光秃秃的枝干。

第二年，枝干粗壮些，叶子绿油油的，可依然不见一朵花。我的精力分散到其他花草上，竟渐渐冷落了它，我想，它应该不会开花了吧。后来家中整理院子，老公把它移到院外的西山墙边。接着，外面铺上了草坪，草坪生机盎然，它依旧立在草坪上。

再后来，我已经忘记了它的存在。

又是一个春日，傍晚时分，我步出院子，走向西边的平台。偶一回头，竟然看到我的那株海棠——开花了！

那花朵紧紧贴在紫褐色的枝干上，是猩红色的，足有二三十朵，每朵都有五个花瓣，是近乎圆形的、有质感的、张开的花瓣。花瓣中间是金黄的花蕊。叶子和花紧紧靠在一起，是深绿色的，闪着亮光的绿色。我吃惊地跑过去蹲下身，我有一种想去拥抱它的冲动。它是在被我冷落了数年之后，在这样一个傍晚兀自绽放的，没有花圃，没有蜂围蝶阵。它是在院外，在墙角，在孤寂中悄然绽放的！

这才是我等待了几十年的海棠啊！忽然想起苏轼，他咏海棠时是被贬黄州的第五个年头了，他还写过"庭下如积水空明"，写过"何夜无月？何处无竹柏？但少闲人如吾两人者耳"，写过"桂棹兮兰桨，击空明兮溯流光。渺渺兮予怀，望美人兮天一方"，写过"惟江上之清风，与山间之明月……是造物者之无尽藏也，而吾与子之所共适之"。他关注到那夜深人静，独自开放的海棠，他视寂寞的海棠为知己呀！

时至今日，我才与海棠真正晤面。你的迟迟不发，是在等待我这个向往宁静却身处尘嚣中不安的灵魂吗？是想告诉我，孤独依旧美好，寂寞仍能绽放？

今日见到了你，我浮躁的心有了依托。你曾是苏轼的知己，跨越千年，你又成了我的知己。

你开在陌上，开在夕阳下，开在黄昏中，开在凄清的夜晚。你是在用这样的方式告诉一个疲惫的灵魂——

陌上花开，可缓缓归矣……

书房小记

古今文人莫不对书斋情有独钟。

刘禹锡有陋室，辛弃疾有稼轩，归有光有项脊轩，梁启超有饮冰室，何香凝有双清楼……我的书房是位于扬子江畔绿树掩映中的那方雅室，美其名曰：听雨轩。不时尚不奢华，却是我心灵的一方净土。

硕大的书橱把那片洁白的墙壁装饰得古朴典雅。《春秋》《三国》《四书五经》，古今中外，名著荟萃……房中虽无入帘之草色，却有垂蔓之吊兰；虽无上阶之苔痕，却有窗外之绿坪；虽无素琴可调，却有书画可悦目。君不见书桌前的那面墙上，"只顾耕耘，不问收获"的墨宝遒劲有力？是喜乐，是调侃？都不是，那是主人气定神闲的从容，是主人宠辱不惊的风范。

午后置身案前的那份闲情，唯吾独有！悠然望去，窗外绿草如茵，阶前芭蕉冉冉，阳台外的楼房掩映于香樟垂柳中，秋风乍起，馥郁的桂香拂面而来，微闭双眼，已陶醉其中了。

最喜莫过于三五之夜的宁静。明月高悬中天，柳枝婆娑，桂影斑驳，风移影动，姗姗可爱。此刻的主人，笔下流淌着涓涓细流……

我的书房虽不奢华，也不时尚，但有书为知音，画为伴侣，更兼竹影横斜，桂影相随，如此朗润之境，怎能不引吭高歌：斯是陋室，吾其德馨！

墨汁的清香

出生于教师之家的我在校园中长大，从小就浸润在书香里。

母亲对我的学习提出严格的要求，不必说平日里预习、复习、工工整整完成作业，就连假期里也要严格按照计划学习，然后才允许玩耍。

每逢放假，母亲一定会带我去书店，除了买书本文具，还要买些字画装点房间。我看到书店墙上悬挂着的山水画和书法作品，感觉有一种特别的韵味，清雅而高洁。

我先挑了一幅画和两幅书法作品。接着便在书店中找字贴，赵孟頫、柳公权、欧阳询、颜真卿的，都适合初学者练习。我每样挑了一两本，接着买宣纸、毛笔、砚台、墨汁。毛笔有狼毫、羊毫，砚台古朴而考究。我们满载而归。

回到家中，我便整理我的房间。墙上挂上书法和绘画，我摊开宣纸和笔墨，顿时油墨的清香弥漫在房间里。我开始练字了，我最先选中的是柳体字。

母亲亲身示范。我见她端坐桌前，运用五指执笔，"按、压、钩、顶、抵"，羊毫稳稳地悬在她手中。我开始练习握笔。拇指中指食指握稳，让笔悬于纸上，无名指和小指随后顶上。我发现一旦笔握稳了，身体自然坐正，呼吸自然均匀。

母亲见我掌握了握笔方法，就要求我从笔画练起，"横""竖""点""撇""捺""钩""提""挑""折"，每一个笔画我至少要练一张。

我端详字帖，研究基本笔画的写法。我从"横"开始练。我发现每个笔画起笔和收笔时都要朝反方向落笔。字帖上说这是"逆入逆收"。比如"横"，起笔时笔锋要轻轻逆着纸写，画了一个折后再提笔翻豪，行至尾端，再调整笔锋，回峰收笔，向左收拢。这样，一笔才算完成。我练了一段时间之后才知道，之所以"逆入逆收"，是让字写起来矫健饱满、有气势。并且一个"横"画，左低右高才美观。

就这样，边练边琢磨，半天下来写了几十个"横"，母亲把满意的用红笔打圈，直到我完全熟练后,才允许我练下一个笔画。渐渐的,我掌握了八种笔画的写法,知道了每一种笔画,除"逆入逆收"外,还要做提、按、顿、挫的运行,渐渐地,我练出了笔锋。

枯燥的笔画终于练完了,接着我迫不及待地要练完整的字了。每个字要做到比例适当、搭配匀称、重心平稳,可不容易。我先写独体字。如"王""中""田""木"等,再写左右结构的"外""俱"等……笔画由少到多,由简至繁,循序渐进。练字,比单写笔画有趣多了,同时,我认识了好多繁体字。我每写完一个字,都要端详一会儿。

微黄的宣纸上,一个个字,工工整整,如同绽放的朵朵墨梅。那梅上还滴着青露,芳香沁人心脾。我陶醉在书法的世界中了。

后来我发现学校附近有一家"艺云斋",专卖笔墨纸,还有各种画谱,比书店的更精致,我竟然看到了《芥子园画谱》,并且发现可以自己学着画。我如获至宝地捧在怀中。回到家中,便如痴如醉地学起画来。

《芥子园画谱》的每一幅画,都是一首绝美的诗!那写意的山川,那疏朗的枝干,那江流,那渔夫,那孤舟……那梅,那兰,那竹,那菊……那江畔芦苇,那山间清流,那残雪断桥,那竹篱茅舍,那苍松翠柏,那枯枝断茎……把我的魂魄全然摄了去!中国的古典山水,竟有如此魅力!那画中的意境之美,涤荡着我的身心,让我久久地沉浸在只可意会不可言传的高雅、古朴的美感之中。

我如饥似渴地画着,我先学画兰。我用狼毫几笔画出兰叶,从叶根起笔,到叶尖收笔。力求长短搭配,有波有折,流畅婉转。再画五瓣的兰花。内二外三,内宽扁,外窄长,中间轻轻点上几点兰蕊。这样疏朗的兰花便出现在宣纸上,再配上一丛山石。我欣赏自己画的兰花,颇为得意。后来我又尝试着画梅,画竹,画山,画水,画船,画古村落……我沉浸其中,妙不可言。

每日画完洗笔,看着墨团在水中洇开,似朵朵梅花,不由得想起了王冕的《墨梅》。"我家洗砚池头树,朵朵花开淡墨痕,不要人夸颜色好,要留清气满乾坤"。那是怎样的一种享受啊!

就这样,在书卷中,在墨汁的清香中,我度过了自己的学生时代。

那清香浸润着我的身心,让我的灵魂有了一种遗世脱俗的清雅。让我在成年之后,在纷繁的尘世,在忙碌的人间,能够多一份疏朗,多一份洒脱,多一份娴静,多一份从容……

那墨汁的清香,已经氤氲在我的生命中了。

在诗的引领下

年少时我便爱诗。那时没有手机，没有网络，我便随身携带一个小本子，读报刊杂志时，遇到喜欢的诗就随手抄下来。

"渭城朝雨浥轻尘，客舍青青柳色新"。好一个"浥"，好一个"柳色新"，多么清新，多么宁静啊！连犬吠都听不到。我去乡下的二姨家，早晨起来，若是遇到春雨，感受那种微微润湿的空气，看着那随风摇曳的柳枝，真融入诗的境界中了。

"银烛秋光冷画屏，轻罗小扇扑流萤"，清冷的夜晚，寂寞的宫女，繁华与落寞就这样交织在一起。这首诗我读得入迷了，便去买了一把圆形的绢扇，坐在家中的院子里，透过葡萄架看天上的星星，想象着宫中那寂寞的生活。

为了寻求"一树寒梅白玉条，迥临村路傍溪桥"的境界，寒假里，我和妹妹一起骑着自行车，在西双湖的大堤上飞奔。湖面结着厚厚的冰，堤上梧桐只剩下光秃秃的枝干，岸边枯草如铜丝般颤抖，耳畔是呼呼的寒风，四周空旷无人，可我们兴高采烈。我们一直骑到湖西的村庄，忽然，我惊喜地叫了起来："快看啊，有一株梅花！"赫然挺立的梅花，瞬间妩媚了冬日。

那日回到家中，妹妹的小脸冻得通红，我们却意犹未尽，妹妹拿起画笔，她要把梅花描摹出来。

还有那"众芳摇落独暄妍，占尽风情向小园。疏影横斜水清浅，暗香浮动月黄昏"。无须去找寻，那情境足够令人销魂了。恰巧邻居韩老师生了一个女儿，我去他们家玩，夫妻俩正在查阅字典要给孩子取名字，见了我，高兴说道："呦，才女，你背的诗多，给我家女儿取个名字吧。""疏影横斜水清浅"，我脱口而出，又接着背了其他的诗句，没想到他们竟相中了这句，女儿果然取名"韩疏影"。女孩儿才貌双全，一举高中南大。至今想起，我依然很得意。

读到李商隐的诗，更让我欲罢不能，"相见时难别亦难，东风无力百花残"，是写爱情，还是写心志？"晓镜但愁云鬓改，夜吟应觉月光寒。蓬山此去无多路，青鸟殷勤为探看"。是相思之苦？是辗转难眠？是月夜期盼？是缠绵不尽？还是为爱而憔悴？

谜一样的李商隐，谜一样的朦胧诗。

还有那"庄生晓梦迷蝴蝶，望帝春心托杜鹃。沧海月明珠有泪，蓝田日暖玉生烟"。这首诗的创作意旨究竟是什么？有人认为是追怀亡妻之作，有人认为是感伤身世，自比文采之论，有人认为是抒写思念侍儿之笔……我并不去探究，我只爱它的含蓄，它的朦胧，它的犹抱琵琶，它欲说还休的美。

苏轼在我心中，是高歌"大江东去，浪淘尽，千古风流人物"的壮士，是豪放派的典范。可当我读到"十年生死两茫茫，不思量，自难忘"时，我的心揪了起来，"夜来幽梦忽还乡，小轩窗，正梳妆。相顾无言，惟有泪千行。"铮铮铁骨的硬汉，竟有如此柔情与凄婉。对亡妻的哀思，对自己身世的感慨，夫妻之间生死十年的情感，表达得深婉而执着，每读一次我都感叹哀惋，泪湿罗衫。

还有那"老兔寒蟾泣天色，云楼半开壁斜白。"

还有那"青箬笠，绿蓑衣，斜风细雨不须归。"

还有那"人生到处知何似，应似飞鸿踏雪泥。泥上偶然留指爪，鸿飞那复计东西。"

还有那"高堂明镜悲白发，朝如青丝暮成雪。"

还有那"且放白鹿青崖间，须行即骑访名山。"

还有那"金风玉露一相逢，便胜却人间无数。"

……

年少的我就在这诗的熏陶中度过了青春年华。

若说成年后的我少了一分世俗，多了一分清雅；少一分焦虑，多了一分淡然；少了一分物欲，多了一分洒脱，那便是诗歌把我引向了另一方天地。

那种滋养真是胜过人间无数。

以诗养生

我爱好古典文学，尤爱诗歌。在诗歌的滋养下，我的读书生活丰富而充盈。成年之后，再读诗，感觉简直是在养生了。

自古便有"不为良相，便为良医"一说，于是部分读书人成为了医生。用诗歌养生俨然是一种古今皆行的风尚。

陆游写过一组诗，题为《山村径行因施药》。当时陆游八十一岁，在山阴领俸，陆游兼通医学，常为村民治病赠药，因而深受村民欢迎，并与村民建立了深厚的情谊。"共说向来曾活我，生儿多以陆为名""村翁不解读本草，争就先生辨药苗。"老百姓是多么感激、爱戴陆游啊。

话说有一天，一个年轻人搀着犯头风病的老翁在村前的小溪旁，迎候出诊归来的陆游，陆游望闻问切后，告诉老翁，"不用更求芎芷辈，吾诗读罢自然醒"。意为只读读陆游写的养生诗，老翁的头风就会不药而愈。多么好的一种诗歌疗法。读诗可疏肝理气，调和气血，使人心旷神怡，心平气和。

孔子有言，"为人温柔敦厚，诗教也"，诗歌可以移情、顺气、宁心，从而自忘不适，自得悠然。诗歌的风格被司空图分为24种，无论浪漫还是壮阔，无论绮丽还是清朗，无论动静或是悲喜，背诗歌总能带给人心灵上的畅游。

"明月松间照，清泉石上流"，送来清凉光辉；"大江东去，浪淘尽"展现壮阔波澜；茅屋秋风，低诉悲凉心境；江雪小舟，感受孤独寂寞；蓝田玉暖，品味暧昧感情；江花胜火，迎来灿烂日出。

用诗歌养生，要因体质，因性格而异。像体虚、阳虚、阴虚型的人，要多读豪放旷达，雄浑之诗；而血瘀、气郁、痰湿型之人，就多读典雅、清奇、淡泊的诗。根据中医情志相胜的原理，悲胜怒，恐胜喜，怒胜思，喜胜忧，思胜恐，如果你悲伤，那就读些喜悦的诗，读完"沉舟侧畔千帆过，病树前头万木春"，你肯定会感到身心舒畅豁达；如果你愤怒，那就读些悲戚的诗，"满地黄花堆积，憔悴损"真的是"凄凄惨惨戚戚，乍暖还寒时候，最难将息"，待你长吁一口，便会觉得浑身清凉安宁。

诗歌养生，不会干涸，也不会躁动。

现在的读诗，更是选择了清心立志，"不以物喜，不以己悲"，心胸坦荡，做人清白，行走于浩然天地间。这是以诗养生所能达到的另一境界吧。

相约昙花

"亲爱的，晚饭后过来吧，我的昙花要开啦！"这是邻居小郭在电话里呼我。

邻居小郭是位爱花的美女，她院子里花木参差，意趣盎然。阳台外常春藤与爬山虎缠绕在一起，枝枝蔓蔓簇拥着爬满整面院墙。一阵轻风拂过，空中便弥漫着淡淡的草香。每每到她的院子里，我都数着自己没见过的花，我最惊讶的是她竟然有株昙花。

听到消息，我喜出望外，来到她家院中。小郭打开院子里的灯，把平台上铸铝的椅子搬来，我们就和石花架上的那盆昙花对坐着。

我目不转睛地盯着眼前的一片翠绿，我看到了那玉色的饱满的花苞，在夜晚湿凉的空气里微微颤动！真的，它要绽放了！

月光如水，照在昙花玉色的大花苞上，只见那些花瓣在静谧夜色中悄然舒展。片片飞雪般的花瓣自花托间一点点缓缓探出，张开，极力张开，开出层层叠叠的花瓣，开得清逸迷人，开得人心底一句惊叹：此花只应天上有！而那大得出奇、薄得神奇的重重花瓣，只微微翕合在花蒂间，似托举不住，摇摇欲坠。难怪不能持久，如此的绝妙芳姿，该是风起花叶间，盈盈不堪握的！

在这一刻千金的当儿，我们谁都不说话。小郭在专心录制视频，而我则屏气敛声地注视着眼前的一切，我怕稍一走神，花儿便离我而去……

时间一分一秒地逝去，我分明看到了花冠渐渐聚拢，硕大的花朵开始闭合。我心中一颤：昙花，就这样谢幕了吗？刚刚绽放啊，最辉煌的时刻啊！美人迟暮，该是怎样的伤感？我是含泪看它的，我见它颔首低眉，拢成未曾开启过的花苞一般，静若处子，无一丝颓唐气息；而低头处那抹温柔，倒也成全了它另一番情致妩媚。如此从容，如此淡然，底气十足，让我深深地惊叹。

亲眼目睹这一场"昙花一现"的花开盛事，面对着眼前稍纵即逝的芳华美丽，开始的伤感惋惜已渐渐褪去，反而那颗原本浮躁不安的心，在自然的美好面前得变得柔和，平静。又何必去慨叹感伤？如此饱满的极致盛放，于一朵花，何尝不是一件幸福的事情？

历经了漫长寂寥的等待，却只选择于一夕间绽放，我想，这是拥有着一颗怎样简单朴素的心？它不迎合，不炫耀，花开花落只遵从内心，以远离喧嚣纷扰的方式，安然独享属于自己的宁静时光，兀自美丽，孤芳自赏，哪怕花期短暂，却始终如一，姿态从容，难道这不是一株植物应拥有的骄傲与幸福？

人有时活得不会比花草更好。因急着赶路，因要得过多，因心念远方更美更好的风景，便怎么也不肯将脚步停下，去感受一下真实的内心。生怕晚上一步，世界已走远，而自己仍停留在原地，追悔莫及。

我们若是给自己片刻静思的时间，让自己的心暂时安顿下来，如此，那些打不开的心结、求不出的结果、达不成的感望，便会在驻足凝神间一一得解，人生的路愈加明晰。

其实，品味那一朵寂然开放又悄然落幕的花儿，你会发现，生活比期许中的更美好！

三月的色彩

我这人生性爱花草，缤纷色彩中，我置身其中，便忘却身处人间。

曾和老公开玩笑说，我平生一大愿望，就是城里有座房子，城外也有所房子，城外的房子不在乎是否是别墅，但我奢望有一个阔绰的院子，让我躬耕其中，莳花弄草。

这不，我如愿以偿地拥有了一个大院子。只是平日里上班忙碌，周末才得去一次。

又到了人间三月天，我的心早飞到院中啦。

一个周末，我们开车前往山院。进入小区，迎面是依依垂柳，微风拂过，柔枝轻舒，河岸变得妩媚起来。沿河向前，我们的房子便在眼前了，掩映在长柳丛中，此情此景，我想起了"渭城朝雨浥轻尘，客舍青青柳色新"之句，平日里普通的楼房，经这垂柳一点缀，颇有意蕴，难怪古人如此爱柳。

我不先进自家院子，我站在亲水平台前，欣赏对岸小尹家的花园。绿茵茵的草坪上，三株桃花开得正艳，粉色的花儿如云如霞，虽是隔河远眺，我依旧能感觉到桃花那眼波流转，顾盼神飞的神韵。

小时候，我最爱看乡村人家的桃花。几乎家家都有那么一棵，报春时节，它们从屋后探出半个身子来，舞台入场似的，绽开一朵，再绽开一朵，直到所有伙伴都亮相，簇拥在一起，无穷无尽，喷红吐粉。这一户的桃花开得久了，花色变得浅红，那一户的刚刚绽放，红得正艳。安静的乡村，被这桃花一渲染，一时间变得生机盎然，想到"人面桃花相映红"之句，觉得那村庄正演绎着浪漫的故事。

隔河小尹家的桃花，和我儿时看到的何其相似啊！

步入自家院中，我先看去年培育的茶花，上周还是含苞的，如今已悄然绽放，几株嫣红，几株粉红。嫣红的花瓣如丝般顺滑，整齐地排列着，像是绢花。这茶花是我到了南京之后才认识的。让我惊叹的不仅是它开得完美浓烈，更是它的凋谢，它不是一瓣一瓣地飘零，而是整朵掉落，落在草坪上，落在泥土中。生之绚烂，逝之完美！我蹲下身子捡拾朵朵落花，把它们放在浅口的花瓶里，看着他们飘摇在水中，想着黛玉葬花时"天尽头，何处有香丘？""试看春残花渐落，便是红颜老死时"，别有一番凄美。

三月的色彩啊！

除了姹紫嫣红，还有那金黄的油菜花。

初见油菜花是20年前的一个春日，我乘坐大巴车前往浙南，大巴车在高速公路上平稳地行驶，我坐在右面的车窗边，闭目养神之后一睁眼，车窗外竟是大片大片耀眼的金色。我见过苏北平原碧绿的如波涛般汹涌起伏的麦浪，却从未见过如此明艳、恣肆灿烂的油菜花。车子在服务区停下休息，我不顾一切地奔跑到田地里，我要近距离去拥抱她。

油菜花齐腰高，一朵朵金色的小喇叭簇拥在一起，高擎在枝头，那金黄是世间最明艳、最纯净的色彩，它把你的眼睛染成了金黄，它把你的脸庞染成金黄，它把你的头发染成金黄，你的手，你的脚，你整个的人也融入这金黄。那种明艳的令人心旌荡漾的美！美到极致，美到令人惊呼，美到令人深深地叹息，美到让人忘却世间还有晦暗和污浊……只让你忘情其中，想变成一朵油菜花，傲然立于天地间，与清风为伍，与流云为伴。

写到这儿，我的眼前如一幅画卷般缓缓展开，那绿的柳枝，粉的桃花，红的茶花，金黄的油菜花，都在这三月的空中发酵一般，越来越浓，越来越醇，让我忘却尘世，只愿自己幻化成一只鸟儿，在彩色的三月飞翔。

闲居小记

短暂的寒假，因为一场突如其来的疫情（2020年新冠肺炎疫情），变得漫长而奢侈。

我心怀愧疚，我不是医护人员，无法奔赴前线。于是响应国家号召，老老实实、安安心心地宅居在这拥有一个大院落的两层楼里。

放慢了脚步，远离了喧嚣，摒弃了俗务，抖落了平日里的一身尘埃……日子一下子变得从容起来。

多久没有那么清闲了？

（一）回归院落

清晨，被一阵鸟鸣声唤醒。我推窗探视，见几只长尾的喜鹊栖在枝头，倏忽飞至水边，啄食昨日放在石头上的几颗车厘子，然后挥舞双翅，飞往另一棵树上，大概有五六只喜鹊吧。间或，还有花脸黑尾的鸟儿，还有麻雀。它们飞翔的身姿划过稀薄的晨雾，晨曦便从东边一点点地洒向大地。

信步来到院中，巡视我一手打造的庭院：木地板、鹅卵石甬道、防腐木花架、假山鱼池、照壁、摇椅……

这个院子，从设计、施工、采购、栽种，我折腾两年多了，也逛了大大小小的花卉果木市场几十次了。先是铺草坪，继而铲去草坪，移栽花卉；接着把茶梅从花坛里移至甬道边，金鸡菊从水井边移到院墙角落，栀子鸢尾石竹月季从阳台下挪至水井旁，三角梅蓝雪花从地上栽进花盆里……冬天冻死了大半，夏天又晒枯了一片；无奈，再用草坪来救场……再接着，老公出来干涉了，他说花费太多了，要栽经济作物，其实他早就觊觎这片花园了，只是碍于我是花痴。现在机会来了，他趁机从我的领地里划出一块，栽上苦菊、菊花脑、蒜苗。到如今，我的院子里风格多变，纷繁凌乱，花与菜和平共处，互为邻邦。

我们折腾着，忙碌着，乐在其中。

今日，我比老公起得早。我来到假山对面的鱼池边，蹲下身，拿出鱼食。我先把罐子放在地板上敲几下，鱼儿像是听到开饭的铃声似的，一个个摇曳着尾巴，全游了过来。一把鱼食撒下去。我惊奇地发现，我的鱼儿已经有了第二代了，那小的也有寸把长了，红的、白的、黄的、花的……一如它们的前辈，竟然还有几条是混血儿，黑脊红腰的，哈哈哈，珍稀鱼种啊！

一抬头，发现老公赫然立在我身后，也在目不转睛地看着一池的鱼。

（二）冬雪初霁

那日上午，我坐在阳台的摇椅上看书，阳光照在身上，暖洋洋的，照在书上，那文字有些刺眼。我把目光从书上移至院中，定睛欣赏我的院落。

冬雪初霁，晴空万里。嶙峋的假山，因白雪增添了几分秀气，正午的阳光照在白雪上，越发耀眼，仿佛给假山穿上一件纱裙。薄薄的雪，覆盖在木制平台上，覆盖在满园冬花上。我的茶梅花红叶绿，那火红的如绢般的花朵，在白雪的包裹下格外艳丽。那叶片如翡翠一般，一片片苍翠欲滴，有的叶片上还托着白雪。火棘树在雪中挺立着，鲜红果实上的积雪已凝成冰，像攒在一起的冰糖葫芦，一簇簇，一丛丛，在阳光下熠熠发光。

难怪鲁迅先生说"江南的雪，滋润美艳之至"了，那真的是隐约着青春的消息，又如壮健的处子皮肤。雪野中有血红的宝珠山茶，却没有白中隐青的单瓣梅花。深黄的磬口腊梅花在邻家的院子里，浓郁的香气扑鼻而来。我的雪下面有经冬的草坪，我的南天竹亭亭玉立。一阵风过，嫩红的叶片随风摆动，白雪便纷纷落下，似春日里翩跹的樱花。曲折的甬道掩映在雪中，突出的鹅卵石一粒粒的，晶莹圆润……

这一切是属于我的。

就这么坐着吧，坐到日头渐渐西斜，坐到残阳落到山的那边，坐到黑暗笼罩大地，坐到疏星高悬夜空，坐到旭日再次东升，坐到冰河乍裂，坐到绿柳扶风，坐到蝉鸣阵阵，坐到衰草连天，坐到风雪载途……坐到地老天荒，坐到与这园子一同老去，一同归于尘埃……

（三）改造花园

"我的院子，总要改造一下才完美。"吃饭时，闲聊中，我总会这么说。

"一直很好嘛。"老公会敷衍。

"似乎有些零碎。"女儿若有所思地说。

"对，对，再整齐些，细节再考虑周全些就好了。"我说。

"可是，我们都不懂园林设计呀，我查查资料吧。"女儿很热心。

哪里有什么答案？一千个人心中有一个想法。于是，改造花园成了我的一个难题。

……

几天之后。

"妈，给你介绍一个你特别感兴趣的小伙伴，"女儿兴奋地喊道，"是我闺蜜的小表弟，这是他的照片。你看！"

照片上是个帅气的小伙子。

"你猜他是干什么？"女儿神秘地说。

"他是医生？他是警察？"

"不不，你再猜！"

我摇摇头。

"他呀，是一个私——家——园——林——设——计——师！"女儿激动地两眼放光，"请他给我们的院子提供升级方案，如何？"

"哎呀，那多不好意思，你们的小伙伴我又不认识，怎么开得了口呢？"我为难地说。"这事包在我身上了，你对院子有什么想法告诉我就行了。"女儿拍着胸脯说。

我来到院子中，转了一圈又一圈，选择几个角度拍下照片，又把我理想中的风格写了下来，发给女儿。

接下来，我开始了焦灼的等待，我过一会儿就瞟瞟女儿的手机，等待对方的反应。

第一天，没有消息。

第二天上午，没有消息。

第二天中午，还是没有消息。

第二天下午，依然没有消息。

我的心慢慢冷却下来，毕竟是未曾谋面的陌生人啊。

上灯时分，吃过晚饭，我懒懒地打开电视。

"小伙伴回复啦！你看手机！"

我心中一阵惊喜，低头细看。小设计师给我发了洋洋洒洒一千多字的整改方案，并且配上各类效果图十多张。

一、现有S园路非常占据空间，新增的休闲区域沿建筑用花岗岩铺装。

二、木平台延伸到水池边，活动空间规整是最大化利用空间的方法。

三、现有欧式水景周边的硬质铺装作用甚微，取消增加绿化利用空间，原有拖把池移到门边，方便使用，不影响正常通行和活动。

四、东北位置设置花池，利用好花园死角，同时也是花园小门进入时的端景，视线焦点，可以安排枝型优美的红枫或造型树种植。

五、规划完硬质使用空间，剩下的就是地栽种植空间，现有花园缺少植物组团的上层乔木，可以选择一些常见的果树、石榴、橘子、香橼之类的，作为植物组团的骨架，下层搭配灌木、球类植物等等，这些植物一般不需要打理，然后两侧的花境部分作为日常栽种区域。

六、现有的植物种植方式非常零碎，推荐花境的种植形式，可以搭配常绿的小灌木，分片种植多年生宿根类花卉，这样一年四季都有不同的观感。

……

我一口气看完。

这正是我想要的效果，我高兴得手舞足蹈！

在我最需要的时候，上天总会派贵人来相助。

开春就动工！

（四）那一对猫

冬日的午后，恹恹欲睡。

"喵——呜——，喵——啊——呜——"

如信天游般悠长而凄厉的叫声划破了小区的宁静。我循声走到阳台，向院外张望。

我看到离我七八米远的草坪上有两只猫，那是正值年青的大猫。正面朝我的那只是狸猫，它蹲坐在草地上，正仰天长啸。那声音与平日里的不同，是悠长的，是回旋的。他的嘴巴大张着，眼睛是两粒金黄的玛瑙，灰色的瞳孔在阳光下细如丝线。它缓缓低下头来，凝视着它面前的那只花猫。花猫的身形娇小些，它近乎匍匐在草地上，仰头对着狸猫，也应和般地长声鸣叫。

就这样，一高一低，一俯一仰，一应一和。在我不远处的两只猫，彼此对视着。此刻，天地间仿佛只有它们俩。

我不懂猫语，可我听得出它们在交流，在表达情感。是情侣的互送衷肠，是伙伴的促膝谈心，还是彼此的牵挂感慨？

那应和的声音，时缓时急，时高时低，时长时短。时而高亢，时而婉转，时而凄厉，时而纤柔……我从没有听过猫儿发出如此怪异的声音。

那声音大约延续了几分钟，它们终于停了下来。我看那狸猫轻舒前爪，在空中伸直，停顿片刻，慢动作一般缓缓地在它同伴面前落下，再慢慢走出几步。它同伴随着它的步履而旋转，眼睛紧紧盯着它。狸猫又慢慢退回去，定格在原地，一动也不动。

此时，没有任何声音。

花猫从地上站起，它围住狸猫转了一圈，终于离开，兀自向远方走去。步伐有些沉重，踟蹰前行，一步三回头。

我盯着花猫远去的背影，想，这对伙伴（情侣），就这么分别了？草地上的那只猫呢？等我再回头去寻觅，狸猫也不见了踪影。

去哪里了？

正迟疑间，我一抬头，发现狸猫正走在通往 B 区的木桥上，和花猫相反的方向。可是我分明看到了，它是三只脚着地，一瘸一拐地跳跃前行。

恍然间，我似乎明白了。那凄厉的叫声，那无言的凝视，那轻舒的前爪，那慢动作般地缓慢前行，那一步三回头的伤感……

这一日，作为一个旁观者，我目睹了这一幕。

（五）晨

我喜欢初春的早晨。

推开房门，信步来到院中。春寒料峭，空气中弥漫着淡淡而潮湿的泥土气息，青草的味儿似乎还没有。木质平台上似有昨夜的雾气，踏上去湿漉漉的。我走到水池边蹲下身，水面上有早起的两三尾鱼。我拿出鱼食，撒上一把，再轻敲几下鱼罐，鱼儿们似乎听到了开饭铃声，争相游过来。他们浮上水面，嘴巴一张一翕，又悠悠地摆动着大尾巴向远方游去。那些小鱼比起它们的父母，腰粗了些，尾巴小了些，那是孩子的体型，没有大人窈窕。看着它们的身影，想到"皆若空游无所依"之句，颇有味道。

我的眼睛从水面移向假山，假山上的苔藓已经泛青。忽见一只长尾的喜鹊栖在假山顶上，它一动不动一言不发地立在那儿，正与我对视。我不敢起身，怕惊动了它。它的头微微转动着，也像在观察我。它黑色的喙细细长长的，接近头部又呈黄色，黑亮的眼睛如黑豆一般嵌在圆圆的脑袋上，头部至脖颈渐渐变色，由黑至灰，背部渐渐变成灰蓝色，抑或是湖蓝色，如绸缎一般。长长的尾巴垂在身后。我也就这样和它对视着，竟有相看两不厌的感觉。时间似乎凝固了。忽然，它张开双翼，在我眼前划过一道美丽的弧线，昂首向空中飞去，留给我一道长长的背影。我极目追寻，它早已了无踪迹。熹微的天空变得更加辽远开阔。

"天空中没有留下鸟的痕迹，但我已经飞过"。多好的句子。然而这只鸟连声音也没有留给我呀。

悠悠的一天就这样在清晨的熹微里，渐渐拉开了序幕。

（六）又见那只猫

昨日落了一场春雨，气温骤降，空气凛冽而清新。

清早起床，竟发现河对岸人家亭子上落了一层薄雪，昨夜果真下雪了啊！

喜鹊每日都飞来，它们知道河边一棵桂花树下已经备好了食物，有猫粮，有谷物，有碎面包，还有桃酥等。它们先飞至树梢，梳理几下羽毛，呼唤着同伴，然后滑翔下来，准确落到餐盘边低头啄食，随后又盘旋到我院子的上空，它们还要探视那几棵火棘树，树上原本鲜红的果子已被它们啄食干净，只剩葱郁的叶子。它们喳喳叫了几声，算是和我打完了招呼，扑棱着翅膀又向高空飞去。

桂树底下的餐盘，我每日都会更换食物。

我的食客最初是小区里的几只猫，鸟儿是后加入的，它们各自分餐，互不干扰。猫们大多晚上光顾，那只狸猫和花猫，曾在树下的草坪上倾心长谈，它们悠长凄厉的叫声令仍记忆犹新。那只伤了一只脚的狸猫，后来怎样了？还能康复吗？

有一天，我在小区里散步，走到 B 区一户院落前。忽然见到一只狸猫站在土丘上，正缓慢向前行走。我揪心地发现，它左前方的那只爪子吊在空中，已扭曲变形，它是一瘸一拐，趔趄前行的。时隔一个月，它的伤势愈发严重了！

我蹲下身呼唤着它，它警觉地向后退几步，全身的毛骤然耸起，瞳仁里闪出惊恐的光，同时发出警告的叫声，它慌不择路，转身逃走了，留给我一个艰难跳跃的背影。

我不知道在它身上发生过什么，我不知道它为何如此惊恐。我只愿它每天夜晚到我家河边的树下，那儿有我为它准备好的食物。

据说猫是最有灵性的生物，它和主人的关系貌似不即不离，但是它能终身追随主人的足迹。一只猫的寿命大概有十几岁，也有二十几岁的。记得老公的二叔二婶家住苏北农村，老两口无儿无女。他们是虔诚的基督教徒，每日跪在主的面前祷告，他们酷爱猫，养过好几只猫，有只花猫和老两口同吃同住二十多年。后来，老人相继去世。我们料理完老人的后事，来到老人家中，发现家徒四壁，空荡荡的屋内，墙壁上挂的全是猫的挂历。陪伴老人 20 多年的那只猫就卧在老人的床上。

我把它抱起，我看到它身上的毛已经斑驳，脊梁两边露出了皮，它张开嘴巴嘶哑地叫了一声，口内牙齿已无。我想把它带走，可当脚步跨至门口时，它从我的怀中挣扎着跳了下来，又回到卧榻之上。它还在执着地等待着它的主人吗？

邻居说，它不会跟你走的。我无论如何放心不下这只猫，我叮嘱邻居每日送点吃的过来。后来我打听这只猫的下落，邻居说它竟终日伏在床上，不吃不喝，不久，它不见了踪迹。我知道它是寻觅一个干净的去处，追随老人而去了。

……

我的脑海里又浮现了一只只猫，童年的阿黄，学生时代的小花，工作之后的雪儿……它们是我生命中的过客，一个个来陪伴过我，又一个个从我的生命中消逝……

眼前的这只狸猫呢？它带着伤残的腿，却依然与我保持着距离。我还能为它做些什么？

（七）孤 独

这是一个春日的上午，阳光透过新叶，将细碎的光洒到院子里的木质平台上，不时有几只喜鹊飞过，栖在假山顶上，旋即又飞走。远处，偶尔有鹧鸪的几声鸣叫。除此之外，就是安静，安静得仿佛听得见自己的心跳。

我又坐到了案前，盯着窗外摇曳的树梢发呆。我已经在这个两层楼的院落里生活两个月了。看书，写字，备课，做家务。我观察每一株新芽的出土，记录每一片叶子的成长，我迎接着每一次东升的旭日，目送着每一次落霞的黄昏。我看一朵云从山顶飘来，又看几颗流星在夜空中绽放……一日又一日。

老公和儿子依旧在身边，他们或值班，或上课，每个人都安静而有序地生活着。可我心中隐隐有一种孤独感，时时像潮水般袭来，不经意间淋得我遍体湿透，等我寻觅它时，它又缓缓退去……

哦，孤独，是怎样的一种体验？今日，我坐定案前，想要细细品味。

桌上一本《苏东坡集》。翻开那页《卜算子·黄州定慧院寓居作》。

"缺月挂疏桐，漏断人初静。谁见幽人独往来，缥缈孤鸿影。

惊起却回头，有恨无人省。拣尽寒枝不肯栖，寂寞沙洲冷。"

苏轼众多诗词中，这首词最让我动心。弯弯的残月悬挂在稀疏的梧桐树上，漏壶水尽，更深人静，苏轼步出庭院，抬头望月。"缺月""疏桐""漏断"，多么寂寞清冷的世界，万物销声匿迹，只有孤鸿隐约掠过。那时苏轼初贬黄州，幽愤怅惘，惊魂未定。这首词中，我分明感受到了他那无处安放的灵魂，还有那刻骨铭心的孤独。这是一向开朗豪放的大词人苏轼啊，一想到如此豁达之人尚有孤独的时刻，我的心略微平静了些。

我想到了那个少为纨绔子弟，晚年入山著书，不仕不友的张岱。他写《湖心亭看雪》，"崇祯五年十二月，大雪三日，湖中人鸟声俱绝……独往湖心亭看雪。雾凇沆砀，天与云与山与水，上下一白。湖上影子，惟长堤一痕、湖心亭一点、与余舟一芥，舟中人两三粒而已"。白茫茫天地间，惟"余舟一芥"的无边无际无着落，是他于缥缈宇宙间的自我修行吧。想张岱当初，是何等风流倜傥啊，"极爱繁华，好精舍，好美婢，好娈童，好鲜衣，好美食，好骏马，好华灯，好烟火，好梨园，好鼓吹，好古董，好花鸟……"然而，当豪华落尽，最终接纳了这一孤傲灵魂的还是苍茫大地。他应该是释然而轻盈的了。

我又想到了著名翻译家巫宁坤先生。晚年的他在美国中西部的一个小城里的小学院，亲历孤独。他在《孤琴》中写道，"一部电脑的屏幕整天无动于衷地凝视着我……一个冬天的晚上，大雪封门，我感到自己活像一只冬眠的动物，忘情于时空之外。我的孤独开始像莽原或荒漠包围着我。"在无边的孤独中，他静静地坚守着……

终于，在一个寒冷的冬天早晨，他步出公寓楼，吃惊地发现，地上铺着一层厚厚的新雪，一只孤独的鸟儿，在冬天宁静的天空中飞掠而去。他的心顿时一颤，一个未知的世界正在向他打开！他仿佛成了神秘天象的观察者，他充满了一种童真的喜悦，他发现了一个雪白纯净的新世界，他进入了这个静谧的新世界。他雪野中的脚印走出了荒漠中的绿洲，他的原野里开出了万千朵鲜花，他用孤独照亮了别具一格的新时空。他被宇宙恩宠着，他是怎样在享受这天人合一的孤独啊！

孤独原来也可以有如此之美！

傅雷说过，赤子孤独了，会创造一个世界，创造许多心灵的朋友。永远保持赤子之心，永远能够与天下的赤子相契相抱。

普天下的赤子，都有一颗孤寂、纯洁的心灵吧。纯到明镜一般，纯到把宇宙万物都映照在心里。因为纯，才能成就那一行行不朽的文字，成就那一幅幅永恒的画卷，成就那一篇篇动人的乐章……

写到此处，我看见孤独正如一枝莲，在冉冉开放。

我站起身，缓缓步入院中。蓝天之下，清风徐来，一句句千古绝唱回荡在我的耳畔——

"想看两不厌，唯有敬亭山。"

"行到水穷处，坐看云起时。"

"孤舟蓑笠翁，独钓寒江雪。"

"江晚正愁余，山深闻鹧鸪。"

"已是黄昏独自愁，更著风和雨。"

"路漫漫其修远兮，吾将上下而求索。"

"念天地之悠悠，独怆然而泣下。"

春之晨

熬了一个冬日的阴雨，今天早晨刚睁眼，却发现窗外分外明亮。我迅速起床，来到露台，果然，风虽料峭，但春的气息已扑面而来。经历了一个冬日的花儿正渐渐复苏，枝条已隐隐泛青，枝上似乎冒出了鼓鼓的芽儿。向东望去，一轮旭日赫然出现在眼前，那是一轮又大又圆的红日，正在那楼群的间隙里，在行道树的树梢上，喷薄而出，那么鲜亮，那么耀眼，又那么静谧。我心中一阵惊喜：久违了，晴日！我出神地凝视了一会儿，忽然想起应该准备上班了，便匆匆收拾好东西下楼，我今天要开车送小明去学校。

等我的车开到路中央，再看那轮朝阳，已经升高了，发出耀眼的光芒。

小明下车后，我继续前行，很快就到了初中部的门口。

停车入库，我沿着通往办公楼的大路往前走，风儿吹来，清新透彻。一阵悦耳的鸟鸣声把我的目光吸引了过去，原来那是校园东南角的花园，一个六角的朗读亭静立其中。平日里总是匆匆而过，今日何不走一走？

我迈开脚步，踏上了那条青砖铺城的花径。这条小径蜿蜒而前，伸向花园深处。脚下的青砖古朴中透着幽静，湿漉漉的，踩上去似乎能感受到砖缝中青苔的柔软，有些像日本京都的苔寺。花径两旁的草坪已长出了细小的草芽，油油亮亮，柔柔密密，像一张细绒的深浅不一的毯子。草坪上是几株盛开的梅花，粉的，红的，一朵朵，一簇簇，在枝头绽放。那沁人心脾的清香，随着晨雾拂面而来。记得不久前枝头上还是银装素裹、玉树琼枝呢，时间过得真快呀，一晃已是春风拂面、欣欣向荣了。

继续向前走，小径两旁是矮灌木，有杜鹃，金丝桃，栀子花等，全被修剪得整整齐齐，再过两个月它们将次第开放。忽又看见两株高耸的茶花，翠绿的叶子，如凝脂一般光滑、透亮，掩映在绿叶中的花苞胀得鼓鼓的，里面红色的花瓣有呼之欲出之状。闭上眼睛，想象眼前高高低低的花儿竞相绽放的情景。花下定有蜜蜂嗡嗡地闹着，飞来又飞去吧。

我睁开眼睛，抬头仰望，天空在香樟树绿叶的掩映下，格外湛蓝。那是一种怎样的蓝？是那种高远的湛蓝，是那种雨过雾散水洗般的湛蓝，是那种浓艳得似乎欲滴的湛蓝，是那种让鸟鸣更脆花香更郁的湛蓝，是那种涤荡人身心的、不含一丝杂质的湛蓝！

我仰望着，贪婪地汲取着那湛蓝，让它融入我的呼吸，融入我的每一个毛孔。直到脖颈有些酸胀时，我才缓缓移开视线。

我步出花园，此时路上已有早到的孩子们结伴而行。

"老师早！"他们见了我，礼貌地鞠躬问好，我也微笑着点头回礼。看着他们红扑扑的面庞，闪亮的大眼睛，欢快蹦跳的身影，想起了那首《校园的早晨》："初升的太阳，照在脸上，也照在身旁的这棵小树……亲爱的伙伴亲爱的小树，我们共享阳光雨露，让我们记住这美好时光，直到长成参天大树……"

春日之晨，天空的清朗，孩子的笑脸。

带着这满满的馈赠，我开启了一天的工作。

那草　那风

每每，我的脑海里会浮现那片草地，如莽莽大草原般的草地。

其实，那只是石榴中学的操场。

童年的我，跟随父母走遍了东海县城周边的各个学校。在石榴中学的操场上，我打过滚，我翻过跟斗，我捉过蚱蜢，我掘过草根，我尝过芦芽，我头枕双臂凝视蓝天……

我最爱把头埋在草丛中，我看见蚱蜢的体型无比庞大，我看风吹草动，飒飒作响，我闻到了青草的香味。我喜欢这样开阔的意境：天气很好，暖阳，微风。风以无形之态，让人摸不着，抓不住。它温柔地掀开我的衣角，抚摸我的头发，像一个调皮的孩子，令我惬意之至。又一阵风吹来，草低下头去，瞬间又抬起来，就在这俯仰之间，我看见草长了起来，如丛林般，它们簇拥在我所熟悉的这片天地里，任风吹动。风吹过一阵又一阵，吹了一年又一年，草感受着，草狂舞着。

在学校周边，生活着村庄里的人。每逢学校放暑假，他们看到草长起来了，就拿着镰刀割回家去，晒干充当烧饭的柴禾。柴禾把生米煮成熟饭，喂养着一代又一代村庄的人。

风逗着草，草开心于风，尽管只有一年的光阴，草无视自己的寿命，草尽情在风的怀里。我闭上眼睛，脑海里又浮现出在草地上奔跑的情景。我和伙伴们选择有风的日子，带上自己做的风筝，在操场上放飞。草看到了，笑弯了腰。不经意间，风却把我们的欢笑声吹远。

我是从这校园从这草地上走出来的孩子，我追过蚱蜢，扑过蝴蝶，嚼过芦芽，翻过跟斗，风吹过我的耳畔，草缠过我的裤脚。后来我离开了这儿，不知草对风说了些什么。多少次我魂牵梦绕，我终于又回来了，隔着三十多年光阴，风儿依旧，草儿依旧，可其他的一切都那么陌生。人生弹指一挥间，我们又何尝不是一株小草。

    风生于环境，它温和柔软，当然，在它的背后也存在着一定变数。在那些干燥的日子里，风撒起野来，能借一粒星火烧遍整个山坡。即使"野火烧不尽，春风吹又生"，我也不愿看到风卷烈火，祸及草的生命。

    我每次回来，都要会会那草，那风。因为那里藏着我古朴烂漫的童年，藏着都市生活中早已失落的旷达与率性。

向往慢生活

如今的生活节奏是越来越快了。

一大早,儿子匆匆起床,快速洗漱,来不及吃饭,便带上早点,飞车奔往学校。顺着他的背影,我看见路上人们行色匆匆,脚步如飞。随即,我快速收拾好厨房,也融入这上班的大军中了。

可是我多么希望放慢脚步,享受"慢慢走,欣赏啊"这样的生活呀。

慢是一种情调,是一种生活方式,如细水长流般从容。

懂生活是有条不紊的。早晨起床的第一件事就是拉开窗帘,走到露台前看那盛开的太阳花,红的,粉的,白的,黄的,一片恣肆灿烂,让人联想到生命的鲜活,一天的正能量已是满满的了。早餐不似西餐的简单快捷,一杯牛奶,一片面包固然能给予身体所需要的养分,但缺少了一种感觉,生活的感觉。文火熬粥,慢火炒菜,一碗米粥,一盘鸡蛋,一个馒头,再和家人一起围桌进餐,讲些与一天工作中完全没有关系的话,这一天的开始都是心情舒畅的。

我会兢兢业业地工作,认认真真地做事,我会和孩子们在课堂上共度生命的美好时光。我们享受着"云淡风轻近午天"的惬意,高歌"直挂云帆济沧海"的豪情。校园内,我们会一起迎接花开的清晨,送走落霞的黄昏。

时间在心中一点点地过去,按部就班的同时不急不躁,保持一颗平稳的心。下班时我回家,但不开车,骑电动车或者是坐公交,欣赏着城市的繁华,却也并不陷入其中。

我并不独处,我会在与人交流中,看着对方的眼睛,侧耳倾听,慢慢地等着对方结束。不急,既然赴约就一定能够腾得出时间给对方倾诉,不要三缄其口,而是张开一张网,等着对方把所有的情绪都倾泻过后再安抚,告诉友人问题出在哪里,不满和伤感又该如何排遣。

友情往往是在时间的磨合下产生的，想到从前的所交所识，从同学到好朋友，再到闺蜜，从称谓上就轻易地明了从相识到相契的过程。经历过时间的打磨，我们慢慢地走进彼此的心里，才能够让一颗珍珠晶莹透亮。时间经久，两个人就会像一个同心圆，相离，相交，到重合，千万不要快，一快就会像凉了的汤一样变得索然无味了，慢慢地走近，慢慢地理解，你会发现，人的任何情感都会在时间之中沉淀、升华，就像陈酿一样，醇香会在缓慢的发酵中越来越浓。

和不同的人相处，我获得了不一样的滋养，在彼此的融合中，生活变得愈加丰富。

夜晚的时光，我会把时间留给自己，收拾好家务后我步入书房。坐到案前的那个瞬间，尘世已全然被我抛在了身后。我凝视着属于我的这方天地，我将把我的书一本一本抚摸一遍，如同与老朋友一一相拥。我会和周国平交谈，我会听刘亮程讲故事，我会欣赏路遥的《平凡的世界》，我会走进梭罗的《瓦尔登湖》。那是一种怎样的惬意与满足啊。

夜阑人静，只有一颗心在徜徉……

活在慢生活里的人，要留给生活充足的发酵时间。慢，是一种情调，随风潜入夜的悄然无声就能够使人的心灵获得滋润。会生活的人，都不会强求，而是慢慢地等、品、悟。

很快，我将会过上这样的生活了吧。

那一片金色

步入古惠济寺的大门，我的心顿时安静了下来。

我踏着青石铺成的通道走向广场，道旁是广阔齐整的草坪，虽是深秋，草坪依旧葱绿，油油亮亮的草叶密密地排在一起，一大片一大片，给秋日的大地铺上了一张柔软的毯子，秋风袭来，心旷神怡。

远远地，我望见了那汉白玉栏杆围着的三株银杏树。1500 年前的银杏树，就这样赫然出现在我的眼前，三株古树通体金黄，片片银杏叶在夕阳下闪着金光。我全身舒展开来，我整个的身心都沐浴在那金光里，我缓缓走近汉白玉围栏，得以近距离地仰视它。

我沿着汉白玉栏杆边走边看，每株树前都有碑文介绍，这三株银杏树为昭明太子萧统在此修学时亲自种植。大殿东那株名曰"千年垂乳"，高达 20 余米，树干需七八人方可合围。枝干上有七根气根，最大气根长达两米多，实为罕见。大殿西边那株名为"撑天覆地"，树干高擎天空，浓密的树荫遮盖地面半亩有余。

另一株名为"雷击复苏"，这株与前两株最大的不同在于其树干挺直高耸，宛若一柱擎天，显得傲岸而突兀。清咸丰年间，一场惊雷击毁了此树的半边躯干，数年后又奇迹般地慢慢复苏。现树干中空，如果紧贴着当年被雷击过的部分向上观望，可以看到一线天的景象，令人啧啧称赞。

我的目光最后落到了那片片金叶上，每片叶子如同一把金色的羽扇。片片羽扇，随风飘舞，在蓝天的映衬下耀眼夺目。

那金色是那样真实，又是那样遥远。

我的思绪回到了 1500 多年前的南朝，"南朝四百八十寺，多少楼台烟雨中"。就在这烟雨迷蒙中，走来了一位俊朗书生，他从宫殿走来，他从舞榭歌台走来，他就是昭明太子萧统。身为太子，却对宫廷政治不感兴趣，他选择了远离红尘的汤泉禅院，平心静气，读书诵经。读书之余，他亲手栽下这三株银杏树。当年的宫廷权贵们早已灰飞烟灭，而这位才华横溢的昭明太子，却因在此著述的《昭明文选》而被千古流传。他当年亲手植的那三株银杏，历经岁月沧桑，傲然挺立于蓝天之下，已成为神灵，千百年来护佑着一方百姓。

此后慕名而来的还有秦少游，留下多篇游记、诗词。其中《游汤泉记》最为著名，大文豪苏轼为之作序并表赞美之情。此后，王安石、贺铸等文人也相约而来，留下篇篇佳作。1978 年，一代草圣林散之游览至此，看见古树巍峨，见之忘返，对三株古树深爱有加，挥毫写下 500 余字的长诗《古银杏行》，此文已成为惠济寺的镇馆之宝。

三株古树，段段传奇，篇篇佳作。是岁月成就了历史，还是历史浸染了岁月？

站在千年银杏树下，抬头仰望桠杈纷披，横斜逸出，屈曲盘旋，斑疤鳞列，叹一句：弹指一挥间，岁月如水过。

古寺与老树，一切静好。

恋恋不舍地离开了古惠济寺，回望那蓝天下的金色，似乎抖落了一身烟尘，带着那份清静，我又重返世间。

第二辑

那一抹记忆

总有一些东西，没有被岁月的风尘湮没，蓦然回首，那一抹记忆，如画卷般缓缓展开……

露珠的记忆

清晨，来到校园。正对着校门口的是玉泉池，我放慢脚步，去赏那朵粉蓝色的睡莲与铺在水面的片片莲叶。我分明看到了一颗露珠在莲叶上滚动。

我凝视着那颗露珠，它晶莹、圆润、玲珑、剔透，它就在我的眼前。在我的凝望中，它似渐渐变大，忽又变得朦胧。那遥远的记忆被唤醒，并渐渐明晰起来，我知道，那是有关露珠的记忆。

我又回到了那个风景如画、民风古朴的小县城。我家住在东海县城北面的石榴中学，校园内杨树参天，垂柳依依，更有一口古井，平添了校园的古韵。一条河流横贯校园，流到校园外一望无际的田野里。

我家就住在河北岸第一排，有个大院子。父亲爱养花，栀子花月季花太阳花一串红自不必说，父亲最爱的是院中的一缸莲花，那缸是他朋友专程送的，硕大无比，淤泥是从门前的河里挖上来的。清晨，院子里似有薄薄的雾气，莲花已开放。那花瓣如绸缎般明艳，荷花下面几尾游动着的红鲤鱼，像一朵朵闪烁不定的火苗。花蕊、花瓣、叶面上闪着滚滚的露珠，花蕊上的露珠滴到花瓣上，花瓣上的露珠滴到叶面上，叶面上的露珠滴进水里，"哗啦"一声，水面一圈圈的波纹向四周漾开去。红鲤鱼游动起来或者"泼喇"一声跃出水面，波纹就碎成不规则的形状。这是一幅光影俱佳的画作，可惜我画不出来。

待父亲回到院中，我会求父亲采一片荷叶给我。父亲虽视莲花为珍宝，但他宠我，对我的需求从来都是有求必应。他从房中拿出剪刀，小心翼翼地采下一片亭亭的荷叶，上面如水银般的露珠四处流散，我用手去接，那露珠已滚落到地上，瞬间不见了踪迹。父亲把荷叶戴在我的头上，又捏了一下我的鼻子，我嘿嘿一笑，就躲在荷叶下，尽情地享受着那沁人心脾的荷香。

带露的荷叶给了我夏日的清凉。带露的果蔬，则另有一番风味了。

　　孩提时代的学校面积很大，操场如同大草原，在操场的西北角，学校开辟了一块菜地，给每户教职工分了一块。母亲不仅书教得好，菜种得也好。菜园一畦一畦，被她规划得方方正正，如同她在黑板上画出的几何图形。青菜韭菜空心菜，还有黄瓜萝卜西红柿……色彩斑斓而井然有序。暑假里，每日清晨，我都会跟在母亲后面到菜地里走一趟，裤脚和鞋子就湿漉漉的，带露的小菜摘回来，放在篮子里，一棵棵青菜的，一股水汽仿佛要从菜心里溢出来！西红柿像一盏盏小灯笼，密密地挤在绿叶里，那红色鲜艳欲滴。天气寒凉一点，白露为霜，经霜的大萝卜，一半露在地面上，一半埋在土里，连根带叶拔起，搁在篮子里，水嫩水嫩的，那是一种说不出的天然风味。

　　菜地不远处就是那口古井，摘回来的菜顺便就去井边洗洗。清晨来井边挑水的人很多，碰到了都要招呼一声："邵老师，来洗菜啊，你家的菜长得真好！"水井边有一颗大槐树，婆娑的树荫洒在石井栏上，石井栏是青石砌的，光滑圆润，差不多到我胸口高，边沿一道道的豁口，是打水的绳子留下的，井壁爬满了青苔，靠井壁边的青苔上含满了露水。井里的水黑亮黑亮的，波纹一圈一圈地荡开去。我疑心水里还有一个美丽的世界。

　　母亲边洗菜，边热热闹闹地和人聊着天。母亲虽是屈指可数的本科大学生，但毫无架子，她性格爽直，热情开朗，和工友们，和教师家属们聊得很开心。她似一团火，无论走到哪里，都把欢声笑语带到哪里。我会勤快地替她打水，我将手伸进提上来的水里，边玩水边听他们唠嗑，时不时地会听到母亲夸我几句。

　　早饭过后，我会伙同几个孩子挎着竹筐，手提镰刀，奔向田野去割青草——那时的规矩，每个孩子上学时都要交给学校若干青草。我们就顺着小溪来到稻田深处。清晨的稻田一片碧绿，那是一块硕大多绒的毯子，一阵风过，稻禾的清香扑面而来，绿浪也排山倒海而来，大有波涛汹涌之势。在这绿色的波涛上，笼罩着洁白的雾气，没走几步，发梢上已经滴下水来。这时蛙声已无，偶尔能听见田埂边"扑通"一声，那是蛙儿练习跳水，还有蚱蜢在脚边蹦来跳去，地上水汽很大，连凉鞋都凉沁沁的。凉气窜到身上，清凉舒适。我蹲下身来，看草上的露珠、稻叶上的露珠、稻穗上的露珠……看一颗颗明亮、静默、圆满的露珠，每一颗都是天地间的精灵，每一颗又是一个被草叶托起的虔诚的祈祷。当第一缕阳光出现的时候，它就凝聚这通体的透明，在一声轻轻的叹息里，把自己奉献给大地。

　　然而，那晶莹的、纯净的、精灵般的露珠，在太阳出来时，便完成了自己的使命。它会悄无声息地归于万物,归于宁静,归于虚无。如此短暂,如此易逝。

……

不知何时,我的童年消逝了。那滋养我童年的草叶、溪水不见了;那伴随我夏夜的虫鸣蛙声,也被桨声灯影所取代;那呵护我童年,陪伴我成长的母亲也离我而去……

直到那一日,在玉泉池的莲叶上,我寻回了那枚露珠。起初,是淡淡的、朦胧的,后来,渐渐呈现,渐渐圆润,渐渐聚拢……人世间的悲与喜、聚与散、得与失,爱与痛……都蕴含在这透明中,在这叹息中吧。

二姨家的夏天

童年的我，最期盼的，便是暑假里去乡下二姨家消夏了。

二姨年轻时便寡居。她有一双儿女，姨哥在部队里，姨姐住在我家读书。

姨姐放假时要回去。我便趁机缠着父母，父母拗不过我，终于，他们同意我去二姨家了。

我的心顿时轻松得如鸟儿一般飞了起来，随着姨姐一路欢快地奔往二姨家。

二姨的家住在县城西郊温泉镇的罗庄村。这是一个依山傍水、风景如画的小村庄。村北是一座小山丘，山上满是松树柏树，还有许多野果树，树上结的果子我认识的有铁梨、沙果，颜色鲜艳得很，爬上树去，摘几个来尝尝，又酸又甜的，很爽口呢。树林中开着许多不知名的野花，像星星，像眼睛，风儿吹来，摇曳颤动。山坡上，平整的地块，有大片的玉米，还有黄豆。最神奇的是山下有许多泉眼，最大的一眼四周有几块褐青色的山石，已被冲得平滑圆润，泉水就从那山石下面汩汩地往外冒，一如沸腾的水，细看，上面还浮着水汽，它从来就没有停息过。在它周围，又生出许多或大或小的泉眼，泉眼从细砂中流出，四周也是湿润光洁的山石。这些泉水汇成一股清润的溪流，沿着山涧蜿蜒而下。

罗庄村就背依着小山，那泉水汇成的小溪便从村子中间流过。二姨家恰在溪岸，那真是个得天独厚的好地方啊！

清晨，东方刚泛鱼肚白，我便挎着竹篮子，手持镰刀，随着姨姐去野外打猪草。田野里弥漫着薄薄的雾气，草叶上还挂着晶莹的露珠。姨姐认真地割着青草，而我，则在草间跳来跳去，忽然两手一捂，合在草叶上，一只碧绿的蚱蜢就落在我的手里了。等到姨姐打了满满一篮猪草，我们便迎着朝阳回家。路过家门口的菜地，我会摘几根黄瓜，还有一串绿叶红果的西红柿。

日头渐渐升高了，暑气也蒸腾了上来。姨姐便和同龄的大姑娘们坐在树下聊天，做针线活。我呢，心思早飞到小溪边了，伙同五六个和我差不多大的孩子，一起奔向石桥边，赤脚下到水里。那溪水透明而清凉，水下的鹅卵石早被流水冲刷干净，一颗颗清晰可数，踩在脚下，那种感觉呀，似仙似神。水里间或有小鱼儿游过，我眼疾手快，一手捧起两只。溪岸上长满了葱郁的爬山虎，一根一根垂下来，有的直垂到水里。那爬山虎是什么时候长成的呢？那叶子绿得冒油，在阳光下闪着光，又像金绿色的宝石一样。它神秘、古朴，荡漾着一种潮湿的气息，在这里，暑气已经全然散去了。

我们就这样玩耍着，看蓝天，看流云，看绿叶，尽情享受着清澈溪水的馈赠，尽情挥洒着童年烂漫的时光……直到别的孩子一个个被大人唤去吃饭了，我才恋恋不舍地往家走。

二姨正在灶间做饭，满脸是汗。她来到堂屋，我立即搬了小凳子让她坐下，拿出毛巾把她脸上的汗擦尽，说道："二姨，我去溪水里把毛巾浸凉了再给你吧。"不等她回话，我已经一溜烟跑出院子，来到溪水边了。我把毛巾浸在溪水里，毛巾饱蘸了溪水，清凉清凉的，敷在二姨的脸上，多舒服呦。

午后的时间，我会在凉席上睡好久。睡足了，才懒洋洋地起来。坐在小板凳上，吃着母亲捎来的点心，看二姨做衣服。她是裁缝，远近村子的乡邻常会拿布料来加工。只见二姨收下布料，一边量尺寸，一边和客人聊天。她手艺好，做活细，能根据不同的年龄设计不同的款式，每个人都是慕名而来，满意而去。我呢，就在布案上寻找，收集各种布头，花花绿绿的，一大把。我要亲自缝制沙包。

二姨做活间隙，会抬起头，喊声："妞儿，毛巾呢？"我会立即跳起，拿起毛巾去溪边了。因为有我，二姨的夏天就凉快多了。

暑假就这样一天天过去，直到有一天，邻居带话来说，快开学了，母亲要接我回去了。我急得大哭，然而无奈，我最终还要回城里读书的呀。况且，母亲许久没有见我，早想我了。

再见了，我的蚱蜢们；再见了，我的溪水和小鱼儿；再见了，我的郁郁葱葱的爬山虎……

二姨，在家等着我，放假了我还会来的。

上学记

夏日里在二姨家疯玩了一个暑假，母亲要接我回去上学了。

我辞别了我的蚱蜢和蟋蟀，辞别了我的小溪和鱼儿，辞别了紫色的牵牛花和郁郁葱葱的爬山虎……

母亲是骑着自行车来接我的。我跟在母亲身后，一步三回头。

回到家中，见桌上摆满了我爱吃的点心，我的房间也被母亲打扫得整洁如新。母亲从她房间拿出一个崭新的书包，那是一个正方形的斜肩背布包，包上有一个可掀起的盖子。淡绿的底色，上面绣着两片亭亭的荷叶，荷叶上方是一朵鲜艳的荷花。那是母亲专门为我绣上去的。母亲的手多么灵巧啊！我一看着就喜欢上它了。我接过书包，打开，里面是崭新的文具盒、铅笔、橡皮，还有几个花花绿绿的本子。母亲让我端来一只小板凳坐在她身边，她把我的头发梳顺，给我编了两条油亮的辫子，辫尾上还扎着两只粉色的蝴蝶结。

就这样，我背着书包，从每日不着家的疯丫头，变成了一名真正的小学生啦。

那时我家住在中学，小学却在乡下，上学要走很远的路，还要趟过一条小溪。早上，父母亲、姨姐轮流送我上学。我们每日迎着朝阳去，踏着余晖归。一路上的花鸟虫鱼，又成了我的新伙伴。

我很快适应了小学的生活。每天，母亲把我打扮得整整齐齐，我戴上鲜艳的红领巾，蹦跳着奔向校园，奔向自己的教室。铃声响起时，我们都腰杆笔直地坐在课桌前，双手抱臂，等候着张老师来上课。

张老师，我的启蒙老师，那时也就二十来岁吧，齐耳的短发，整洁的衣着，白里透红的面庞，我还记得她微笑时两个圆圆的酒窝。在我的记忆里，她是一个温柔美丽的人。

张老师教我们语文、自然，还兼美术、音乐。站在讲台上的她亭亭玉立，她的音色很美，我们入迷地听着她读诗。

高飞／没有翅膀／远航／没有帆／小院外／一棵古槐／做了日夕相对的／敬亭山／但却有海水／日日夜夜／在心头翻起／汹涌的波澜／无形的海啊／它没有边岸／无论清晨或黄昏／一样的深／一样的蓝／一样的海啊／一样的山／你有你的孤傲／我有我的深蓝……

这是多么好听的诗啊！

张老师的每一堂语文课，都把我们带入了童话般的世界，这是孩子们心中最美丽的世界。在她的带领下，我们手捧书本，齐声诵读。不时能听见隔壁教室也在读书，我们更加兴奋，就像比赛一般，声音更整齐响亮了。这时几个班的读书声此起彼伏，颇有意味。

课间的时候，张老师和我们一起玩耍。她当鸡妈妈，我们一个拉着一个的衣襟，躲在她身后当鸡宝宝，共同和对面的老鹰周旋。有时，我们还围在一起做丢手绢的游戏，被捉住的要在众人面前唱歌。我唱歌时手捏小辫子，脸儿涨得通红，可张老师仍为我喝彩。

就这样我们边游戏边学习。张老师是我们的老师兼玩伴。

有一件小事，我至今仍记忆犹新。

那是一个冬日，我穿着厚厚的棉衣去上学。在路过小溪时，一不小心，我跌到了水里，水不深，却把我的棉衣鞋子弄湿了。我又急又怕，顿时哭了起来，姨姐急中生智，立刻背起我奔向学校，找我的张老师。张老师的家就在校园内，她立刻帮我换下衣服鞋子，让我坐在被子里。她就拿着我的湿衣服，双手举着放在炭炉上烤，火苗蹿上来了，我的衣服上腾起阵阵白气，外面的烤干了，她又把衣服反过来烤里面，烤得里外都松软舒适，张老师才抬起头来，我看到张老师的脸红扑扑的，那情形令我想起了灯下的母亲。

等到张老师把我鞋子也烘干，我才下床，穿上暖和如新的棉衣。张老师摸着我的小辫子，我不好意思地冲张老师笑笑，又蹦蹦跳跳地回教室里了。

张老师，你还记得吗？那个冬日，你平凡的举止，温暖了一颗童心。至今回想起来，这仍是我记忆中的一件珍宝。是你，在我懵懂的心灵里种下了一粒爱的种子。这粒种子，已生根、发芽，历经岁月的雨露风霜，渐渐地长成了一棵大树。

可惜，我只在张老师身边上了两年学，父母就因工作调动搬家了。母亲领着我向张老师辞行，我见到张老师竟失声痛哭起来。张老师拥抱了我，又回到办公室，送我一只手帕作为礼物。

离开张老师几十年了，我竟再也没有见过她。我的母亲离我而去也已五年了，张老师，你还健在吧？还记得当初那个懵懂的孩童吗？

这个寒假，我一定回去找寻你！

赶 集

夏天的二姨家是我的乐园。

吸引我的除了清澈的小溪，郁郁葱葱的爬山虎，草地上蹦蹦跳跳的蚱蜢，菜园里鲜艳欲滴的西红柿，还有热热闹闹的大集。

那时农村交通不发达，物资运输不方便，于是就约定农历每月逢三逢七，在几个村庄中间的一块宽敞的空地上，集中摆摊交易，形成一个集市，又叫庙会。

集市上卖什么的都有，食品百货，服装鞋袜，脂粉妆奁，针头线脑，生鲜蔬菜，干果点心……琳琅满目，应有尽有。

庙会的前一天，二姨就盘算起来了。她要把平日里编好的竹篮拿去卖，又打算买些日用品回来，我则在算计着我想要的东西，买几朵绒花戴在头上，我还要买香瓜、买黑枣糕、凉粉等吃食。

第二天一大早，我就催着二姨快些动身。二姨把十几个竹篮放进三轮车中，我立即跳上去，二姨骑着车子，我们直奔庙会。一路上，我吹着微风，看着流云，赏着土路边的蒲公英，兔儿草，听着松林间悦耳的鸟鸣声，不一会儿就到了。

集市在田地旁边的一块广场上，一大早，这里就被堵得水泄不通，放眼望去，整个集市被淹没在稻浪中。一阵风拂过，稻浪波涛起伏，煞是壮观。二姨停下车，选中了一个卖工具的场地，从车上拿出竹篮，依次排好。她摘下头上的草帽，卷成弧形当扇子扇，我从车上取下小凳子让二姨坐下休息。不一会儿，就有几个人围了过来。

"大嫂，你这竹篮怪好看的，多少钱一个？"有一个人蹲下来问。

二姨满脸堆笑，拿起一个竹篮说道："大兄弟，你看，这是上等的竹篾编的，结实耐用，两块钱一个不算贵吧？"

"那我买两个，能便宜点儿不，三块五行吗？"

"好嘞，刚开张，你挑吧。"

我看那人从口袋里掏出一个布包，包里还有一块方手绢，他把手绢一层一层打开，我看到手绢正中心整整齐齐对折叠放的纸币，有一块的，有五角的，有两角的，他把纸币摊开，小心地抽出几张，数好后递给二姨。他拿起竹篮，左挑右挑，精心挑选了两个。他并不急着走，站在原地和二姨聊天："大嫂，我看你好面熟，你是罗庄村的裁缝吧？""哎呀，对呀！""怪不得呢，我去你家裁过衣服"……他们越聊越起劲，我饶有兴趣地听着。直到下一位顾客来了那人才离开。

日头升高了，暑气渐渐蒸腾上来了，二姨脸上也有了汗珠，我看二姨面前还有几个竹篮没卖掉，我又急着去买吃的，正好这时来了一个卖冰棒的。冰棒放在一个木箱子里，上边盖着厚厚的一层棉被。二姨五分钱买了两个。我们吃完冰棒顿觉凉爽。

我还想去买东西吃，就眼巴巴地看着二姨，二姨也看出我的心思了，便拿出五毛钱给我，我拿着钱直奔目的地，那是一个卖面鱼的摊子。摊上摆放两个小桌子，一圈小凳子，条条晶莹的面鱼养在盆中的水里。我走过去找一个空位坐下，看老板拿出一个小碗，用漏勺从盆里舀两小勺，撒上花生末、榨菜，再淋上生抽、甜醋、辣油、香油，最后把一个小塑料勺子放在碗边递给我。我咽了咽口水，埋头吃了起来，那面鱼又香又甜，又酸又辣，又有劲道，真是无上的美味啊！一碗只要两毛钱。还想再吃一碗，可是身后还有别人等着座位，我不好意思了。于是，我抹抹嘴站起来，把钱递给老板，恋恋不舍地离开了。我又看上了不远处的黑枣糕，那是我每次赶集必买的。黑枣糕甜而不腻，香糯爽口，我抓了两把，过秤付钱，边吃边往回走。看看手里还有几分钱，路上又买了两个米花卷。钱花光了。

我拿着两个米花卷回到二姨的摊位，发现竹篮已经卖完了。二姨正在数钱，"二十四块！"二姨捋了一把额头的汗，高兴地说。我把米花送进二姨的嘴里。

二姨轻松地拍拍身上的尘土，从小凳子上站起来。她让邻居照看一会儿三轮车，我们就到各个摊位上逛，二姨又给我买了两朵绒花，买了几只香瓜，还有一只我心仪已久、五颜六色的万花筒。二姨还买了各色花线（缝衣服用的），柴米油盐等等，我们满载而归。

哈哈哈，赶集真好！

回来的时候，二姨还顺路带了村上的一个大婶，一路上她们东家长李家短地聊着，从她们嘴中我得知了一个重大传闻。这个传闻是那么玄幻神奇不可思议！我瞪大眼睛半信半疑地听着，更想一探究竟。

这到底是怎么一回事呢？

这事情过去二十几年了，我读书、工作，这事也渐渐淡忘了。一日和办公室的一位同事闲聊。他说老家是温泉镇小官庄。我的思绪立刻被唤醒，恍然想起了童年时的那团疑云，我瞪大了眼睛问他："你还听说过那个……"他淡淡一笑，说道，她是我中学的同学，很普通的一个人呀，她并不记得小时候的事。

故事到此结束。

童年的小画书

我出生于教师之家。爷爷是私塾先生，写得一手好字。父母六十年代在苏州大学读书，毕业后服从组织安排，到苏北任教。我是家中的长女，出生后随着父母辗转于东海县乡村城镇的各所中学。我是在纯净欢快的校园中长大的，也是读着书、浸着书香长大的。

童年的小画书，是我人生最初的记忆。

记得年幼时，每天午休，我都要缠着父母讲故事，听着听着便睡着了。只听故事不过瘾，父母就陆续给我买了几本小画书，是那种画面很大的彩页图书，比别人家孩子的书要精美很多。我不认识几个字，父母便一字一句地讲给我听。我边听故事，边看画面，我的画书色彩鲜艳，花鸟虫鱼、人物动物栩栩如生，童话故事温馨浪漫，寓言故事动人心弦。我早已陶醉其中了。不几天工夫，我就把故事背下来了。我又嚷着再买，父母也舍得花钱，买的书一本比一本漂亮，渐渐地我拥有二三十本了，手巧的父亲还专门给我做了一个精巧的带盖子的木盒子，这盛书的盒子便成了我童年的宝贝。邻家的孩子要来看书，是要带上点心来交换的。更多的时候，我们各自手拿一本书，到校园的大槐树下交换着看。

我胆子大些，课间，我会拿着书到母亲班上的教室里，爬到学生的课桌上，摊开小人书。一群哥哥姐姐们便围过来，他们会打趣地让我讲故事。我当然乐意，我讲得绘声绘色，他们听得饶有兴趣。忽然铃声响起，周围安静了下来，学生们迅速回到座位，我一抬头，只见母亲已站在教室门口，她发现了我，朝我使了一个眼色，我知趣地跳下课桌，大摇大摆地踱出教室，临出门还不忘做个鬼脸。我想，你们上课吧，我去操场的草地上捉蚱蜢，下课了我再来玩。

我就这样在校园里闲逛，手捧心爱的画书，逢人便要讲故事。

我至今还记得那本《小黑鳗游大海》，那是我印象中的第一本书。讲的是大湖里有一条小黑鳗，它向往大海，有一次遇上一群出海的鲑鱼，就用嘴咬着他们的鳍来到大海。小黑鳗在大海里认识了海葵、海星、珊瑚、海蜇等色彩艳丽形状独特的海底生物，又遇见过温柔的海龟，凶猛的鲨鱼，见义勇为、救小黑鳗于危难中的乌贼……小黑鳗在大海中的经历可谓惊心动魄、精彩纷呈……原来大海里有如此美妙的世界啊！后来，上中学时读到凡尔纳的《海底两万里》，感觉似曾相识，方知凡尔纳笔下五彩斑斓、光怪陆离的海底世界，早在我童年的时候就领略过了。

另一篇《会摇尾巴的大灰狼》我印象更为深刻。当初吸引我的除了动人的故事外，更是那温柔可爱的兔姐妹形象，兔姐妹在草地上采蘑菇的画面仍历历在目。画面上野花朵朵，流水潺潺，兔姐妹跳跃在草间，美丽的大耳朵忽闪忽闪的。我翻着画册，仿佛闻到那青草的香气，听到那清脆悦耳的小河流水声。那情那景，简直把幼小的我魂都勾了去，我多么想把草间的兔姐妹抱回家呀！后来，这则故事被编入小学课本里，内容改动了，再读时，那份欣喜与感动仍在。

一本本小画书，是我童年最亲密的伴侣。它们和那校园，和那操场，和那大槐树，见证了我的成长。

我熟悉那校园的铃声，我熟悉父母带领学生跑步的口哨声，我熟悉那广阔的如同大草原般的操场，我熟悉那影响我童年的一本本小画书。

我感谢我的父母，他们用小画书打开了我懵懂的世界，让我领略了善良与美好，让我走上了充满爱与智慧的人生之路。

看电影

鲁迅的《社戏》，勾起了我尘封已久的童年记忆。在那烂漫的时光里，我曾在村头听书，曾在礼堂看戏，曾在操场上看电影。

仿佛又回到了那个依山傍水、风景如画的小村庄，那是县城北郊温泉镇的罗庄村，我二姨家就住在村头。一组山泉汇成溪流，沿着小村庄蜿蜒而下。

夏日的傍晚，劳作了一天的人们，吃过晚饭，便拿着蒲扇，端着凳子，去村头纳凉。这个季节，说书人会走街串巷，到附近几个村庄轮流说书。白日里各家交些谷物或是零钱，等大家凑足份子了，当晚他就选个开阔敞亮的地点，一阵紧似一阵地敲起铜锣。听到这激动人心的铜锣声，孩子们早心驰神往了。我眼睁睁看着别人家已经出发了，我似乎听到说书人开讲了。二姨又是个慢性子，我等不及二姨收拾完家务，早已拉着姨姐飞似的跑到场子上。

我们去得果然晚了些，离戏台近的地方都被人占了去，姨姐只好选了远点的地方坐下，我干脆让姨姐铺开凉席，我就势躺在席子上。头顶是瓦蓝的夜空，缀着闪闪的星斗，耳旁是习习清风，草间似乎还有露水，白日里我在草地上捉过蚱蜢。或许是白天玩累了吧，数着星星我就睡着了。一觉醒来，书还没说完呢。这一夜，好凉爽呀，似有"天阶夜色凉如水，卧看牵牛织女星"的意味。

等我上了小学，我家搬到了石榴中学，石榴中学是所老学校，一条河流横贯东西，把校园分成了南北两个部分，我家住在北岸第一排。河南岸的绿树掩映下有一座礼堂，镇上大型的演出活动都在礼堂举行，每过一段时间会有剧团过来表演。我和小伙伴们就早早挤到幕后，目不转睛地看演员们化妆，看他们穿上鲜艳的戏服，那花旦打扮得妩媚动人。直到开演的锣鼓声响起，我们会一溜烟地跑到观众席第一排的前面，席地而坐，看那花旦袅袅婷婷地上台，唱那"却原来姹紫嫣红开遍，似这般都付与断井颓垣。良辰美景奈何天，赏心乐事谁家院。""朝飞暮卷,云霞翠轩,雨丝风片,烟波画船……"听得大家一阵唏嘘,那花旦轻舒长袖,飘然而去。我虽然听不懂,但感觉好凄美。

在大礼堂看戏的机会并不多,而到操场上看露天电影,则成了孩子们重大的活动。

提前几天我就打听到了放电影的消息,我们会一天天地数着过。这一天终于到了,刚刚放学,我就飞奔回去,看到操场正中已拉起了白色的屏幕,放映机也架起来了,工作人员先去吃饭了。已有比我更早的孩子占了位置,我巡视了放映机四周,心中盘算着,选定了最佳位置。这个地方离屏幕要不远不近,太近了仰面不舒服,太远了看图像不清晰,偏左偏右看人物是倾斜的。我选定位置后,找一根小树枝圈出领地,又把书包放在上面以示有人了。我一溜烟跑回家,奶奶带着弟弟,母亲还没下班。那时弟弟小,不能出门。我便和妹妹随便吃了点东西,端起小板凳飞去操场了。

在这露天的操场上我看的电影可多了,什么《地雷战》《地道战》《平原游击队》《白毛女》《卖花姑娘》……我如数家珍。有的电影连放数遍,故事情节我们都了如指掌。

每每人物还没出场,孩子们就在屏幕下高声叫了起来,有孩子们互相纠正剧情的声音,接着是两派互吵的声音,还有自己站起来挡住了别人被后排按斥责的声音,其中还夹杂着大人制止的声音……凡所应有,无所不有啊。那场面,热闹非凡!

看来看去就这么几部电影,我也腻了。我说:"我们去操场上逛逛去?"这一句立刻得到大家都赞同。妹妹嚷着一起去,我嫌她小,便说:"你留下看凳子,要吃的我买给你吧。"

我们弓着腰跑出场子,来到空地上。啊,夜风凉爽,蛙声阵阵,稻田的清香拂面而来。我伸出胳膊振了几下,拉起架势翻起了跟斗,我不仅会侧翻,还会正翻空心跟斗,虽然危险,我却从未失手,一连几个我才停下来。忽然想起日日路过的池塘,树林里知了该爬出来了吧,我吆喝着一起去看看,果然,不几分钟工夫,我就捉了十几只,放在塑料袋里,明早让爸爸用油炸了,是非常的美味呢。

正待继续去看电影,发现不远处有个小贩在卖点心,有花生、瓜子、糖果、山芋干……我最爱吃那炒得喷香的花生了。可手里就这么一角钱呀,等小贩称完了,抓到手里的就这么一小把,还给不给妹妹呢?算了吧,妹妹若问,就说小贩回家了，明天油炸知了补偿给她吧。

回到座位上，看着妹妹那失望的眼神，我真后悔没留几个给她啊。

……

童年的时光，就这样慢慢逝去。

那时，单纯的欢喜，无拘无束的玩耍，信马由缰的烂漫时光……

工作后，我也看过露天电影，是应男朋友之邀专程去农村看的。可是，我不好意思提议买花生，不好意思下去捉知了。我只是淑女般地坐着，矜持地看着电影，偶尔，低声和男朋友耳语几句。

因为，我长大了呀！

猫

近日带同学们读郑振铎的《猫》，勾起了我养猫的往事。阿黄、小花、雪儿……一个个涌现在脑海里。

阿 黄

年幼时我家住在学校分的平房里，两间，有一个大院子，南门还有两间平房。放学后同学告诉我她家的大猫生了三只小猫咪，我立刻动了心。晚饭时便和父母商量，能否讨来一只，父亲皱着眉说："身上有跳蚤的。"我知道父亲爱干净，就叹了一口气，不再多说话。

过了些日子，放学回到家中，刚进门，我就听到了微弱的"喵呜"声，我一阵惊喜，寻声走去，发现门旁多了一只木制的盒子，底部铺着松软的棉絮，棉絮上盖着一层纱布，一只通体金黄的小猫匍匐在上面，它的眼睛已经睁开，怯生生地望着我，正张着小嘴，一声声叫唤着。它见了我，叫唤声更急促了。我如获至宝，把它捧在怀中。

我这才想起，父亲这些天东拼西凑找木块，又拿锯子等工具，原来，手巧的父亲是在为小猫做一个舒适的家啊。

这时父亲走了过来，告诉我，小猫刚抱来，才满月，必须精心调养。这我当然能做到，我拿来一把花生米，嚼成糊状，放在手心里，送到它嘴边，它竟歪着头吃了起来，我轻抚着它那柔顺的毛，看着它温柔乖巧地卧在我的手心里。这是一只多么弱小的生命啊！上天把这小生命赐予了我。我为它取名为阿黄。

稍大一点，父亲会给它洗澡、消毒。还经常买小鱼拌在饭里给它吃。它身上的毛越发金黄柔顺。

就这样，阿黄在我们的呵护下一天天壮实，它身姿敏捷，跳跃如飞，一眼不见，它便窜上高树，又倏忽而下。

有一日，我放学后寻阿黄，发现它半蹲在草丛中，望着前方，一动也不动，我唤它，它不应。我正觉奇怪，忽见它腾空跃起，没等我反应过来，一只鸟儿已落入它的嘴中，嘴边还有一两片草叶。

好一个敏捷的阿黄！

我的阿黄是捕鼠的高手，自从有了阿黄，一排的人家再也无老鼠的吱吱声了。

到了晚上，阿黄会温顺地伏在我的膝上，呼噜呼噜地念着猫经。

阿黄，陪伴了我们两年多。可就在那个下午，我来到家中，从父母的表情中，我察觉到了异常。我着急地问："爸妈，我的阿黄呢？"父亲没有说话，叹了一口气，母亲示意我看院子，我惊愕地发现，院子花坛边有一块手绢盖着。一种不祥的预感涌上心头，我奔过去掀起手绢，下面竟躺着我的阿黄，然而，它的眼睛已经紧紧地闭上了，我再也听不到阿黄的叫声了！

是谁？是谁？害死了我的阿黄！

母亲说：阿黄误食了鼠药。

我气得跳了起来，忽又大哭起来。全家人晚饭都没有吃。

我的阿黄，陪伴我童年的小猫，就这样，从我的生命中消逝了……

小 花

我仍要养猫，我仍割舍不下那份情。

上中学了，母亲又抱来一只猫，小猫已经有两三个月大了，白色的底子，身上有黄色、棕色、黑色的花纹，四只脚却是纯黑的。我叫它小花。

它一点儿也不怕陌生的环境，刚到我家就和我们玩耍了起来。妹妹拿来一根红绸带，在它面前晃，它扑过来抢过去，时而又就地打滚，四只脚合抱在一起。我走过去把它抱在怀中，它便用牙咬我的手指，一点儿也不疼。咬完了又用舌头舔着我的手，舔得我手心酥酥痒痒的，我能感觉到它粉色舌头上的倒刺。

不管我手里有什么食物，它总能吃得一干二净。

傍晚的时候，母亲在灯下备课，小花就跳上书桌，用爪子叨母亲手中的笔，又坐在母亲的书上。母亲说："这只小花呀，太粘人了！"有时母亲织毛衣，那线团总被小花滚得乱糟糟的。这时，母亲会喊弟弟："中儿，把小花带出去玩！"弟弟两手一捏，从后脊把小花拎起，抱到厨房找吃的了。

它太活泼了！

它能从脚步声判断是谁回家了。

每天下午，它会把家人一个个迎接回来，然后"喵呜喵呜"地叫着，在你的脚边蹭来蹭去。你抱它起来，它又跳下去。

小花是我们家快乐的一份子。

全家福中，妹妹怀中的小花很抢镜头。

高中的学习是紧张的，可因为小花，我的学习生活多了一份轻松与欢快。

那是一个周五的下午，放学格外早，我几乎是一路飞回家的。我把书包往桌上一扔，我要先给院中的花儿浇水，我还要摘下几串葡萄，我要抱上我的小花去同学家玩。我一路欢歌，脚下生风。忽然，我听到一声惨叫，我猛地停下脚步，低头一看，却见我的小花倒在我的脚下！那惨叫声，似利剑，声声刺穿我的心！

什么？是我，是我手忙脚乱中踩上了我的小花！

它凄楚地叫着，声音愈来愈微弱……弟弟妹妹也闻讯赶来，怔怔地看着我。

我抱起小花，狂奔着去校医室，身后跟着同样奔跑着的弟弟妹妹。小花在我怀中抽搐着，已没有了声音，那口中分明流出了白沫！

"朱校医，快，快，救救我的小花！"我浑身颤抖，带着哭腔央求着。

校医从我手中接过小花，仔细看了一会儿，摇摇头说："不行了！"

"求求你了，朱医生，快救活它吧！"

"已经没有气息了。"

……

我不知道母亲是如何把我们劝回家的。我怀中还紧紧搂着小花，它的身体已渐渐变凉。

妹妹无声地从房中拿出一条手帕，我们把小花包进手帕。在院内的葡萄架下，给它做了一个小小的家。

我的小花，我深爱的小猫。是我害死了你！我不能原谅自己！

雪 儿

失去小花的惨痛经历折磨了我好久。我会在上课时分神，会在写作业时落泪，会在院中葡萄架下发怔……

母亲已经看出来了，她来到我的书房，叹口气，说："都影响到学习了，这样可不好！"听着这话，我的一滴泪落在了书上。

于是好久，我家不养猫。

接着，我参加高考，告别了在父母膝下承欢的日子，来到陌生的城市上大学。

老公是我大学的校友，谈恋爱的时光，我们无话不谈。他知道我二姨家的小溪和爬山虎，熟悉我的知了和蟋蟀，了解我的阿黄和小花……

结婚后我们住在县中的大院子里。

一日下班，他一回到家里便神秘地说："你猜，我今天送你什么？"

我见他两手空空的，却在他大衣口袋里听到了可爱的猫咪声。

我一阵惊喜，双手捧起雪球般的猫咪。原来，老公知道我爱猫，特意让他的学生从家里带来的。猫咪浑身雪白，我叫它雪儿。

我们的二人世界中多了一个雪儿。

吃饭的时候，雪儿自动跳到椅子上，我们在桌上吃，它在椅子上吃。睡觉的时候，她又跳到床上，从床头走到床尾，软软的肉垫踩在被子上，留下朵朵梅花。细心的老公用纸盒给它做了一个小小的温暖的窝，这样，它就不再往床上去了。

那时我们入职不久，工作忙碌，每日很晚才回家，疲倦的时候，雪儿自然会被冷落。它常蹲在门口张望，课间经常有学生过来逗它玩。

雪儿身材一直很小，是我们平日里没照顾好吧？有几日我们不在家，回来后就没见到它，我着急了，问邻居也没问出下落。

我的雪儿，你去了哪里？

大约给路过的学生抱回家了吧？果真如此，也好。因为，我没有更多的时间陪伴你。

比起前几次的离别，这是我最愿意接受的一种了。

……

我不再养猫了！

……

那日，和女儿在小区散步。看见猫儿，我蹲下抚摸。女儿说："妈，你这么喜欢猫，再养一只吧？"

我摇了摇头。

"为什么呀？"她不解地问。

"我承受不了那种离别。"我说。

女儿清澈的大眼睛望着我。

就在她和我对视的那个瞬间，我分明感觉到泪水已充盈我的眼眶。

人与猫的离别尚且不忍，那么，人与人的离别又何以堪？

（后记：人生途中，总有一些东西没有淹没在岁月的风尘里，它停在那里，它留在你记忆的最深处，蓦然回首，却发现它珍藏的是一段岁月，一段经历，一段情缘。）

五月的麦子

童年的记忆里，有无边的麦浪，浅浅的麦浪，及腰深的麦浪，碧绿的麦浪，金黄的麦浪……一次次地涌入我的梦乡。

告别了童年，离开了乡下，涌入城市的人流中。梦中，我不止一次想起那些五月的麦子。

五月的风吹过麦地，麦子在风中摇摆，渐渐地褪去了青涩的外衣。一朵云从天边走来，然后是一场五月的雨，骤雨之后，阳光照耀下的麦地变得一片金黄。

二姨数着日子，又到了收割的季节，该忙碌了。二姨从铁匠铺里取出新打好的镰刀，刀刃白生生发亮。二姨要赶在下一场雨之前收割麦子，不然，雨水会把那些金黄的麦子打蔫。成熟的麦子一经雨水浸泡就会发霉，一个季节的辛苦全都白费了。

在二姨家休假的我（学校放忙假，我闹着让母亲送我去二姨家），已感受到了忙碌的气息。

五月的天亮得很早，二姨很早就起来，叫上姨哥姨姐起床，一起去收割麦子。我也跟着起床了。黎明前的大地上，风吹来还有些凉意。看着满地金黄的麦子，心里有说不出的喜悦。空气中弥漫着谷物成熟的香气，风轻轻地将它吹过来，迎面吹在脸上，也带着大地上青草的气息。路边野草上的露水也已经风干了，五月的大地上，一切都是清新美好的。

我们开始割麦子。二姨举起镰刀，将麦子一排排放倒在大地上。太阳就是在那时升起来的。阳光照在大地上，照在金黄的麦子上，照在割麦人的身上，这是多美的一幅秋收的画面。阳光照耀下的麦地是安静的，只听见镰刀割破麦子的声音和麦子轻轻倒下的声音。收割完地里的麦子，我的手被麦叶划出了道道伤口，火辣辣地疼。但那时十一二岁的我，却从未喊过疼，反而觉得是一种壮举。乡亲们也各自忙着抢收，都要赶在正午最热之前收完麦子。彼此都不说话，只是拿着沉甸甸的麦子，心里无限的喜悦。收完麦子后，就是在打麦场上打麦子，去掉麦子的壳，在风中扬起那沉甸甸的麦粒，空空的壳就被风吹远。在坝子里将麦粒晒干，然后再到磨坊磨成面粉，乡亲们就可以吃上新鲜的面食了。

二姨会用面粉蒸包子、馒头，包子大多是白菜馅，也偶尔会从镇上买回少量的猪肉做肉包子。那肉包是每年这个时候的美味佳肴，我们一想到那肉包子就垂涎三尺。乡下的饭食是在大草锅里做的，和城里母亲做的就是不一样。吃馒头时，我会蘸上少许白砂糖。白砂糖的味道加上麦子的味道，是绝佳的美味。

但这一切，如今都只是存在于我的记忆中。麦子离我们的生活越来越远了。那些割麦的日子，在月光下的麦场上打麦子的日子，那些吃着包子馒头如吃着山珍海味的日子，那些数着星星听着说书的往事，那些三五成群去邻村赶集的场景，都成了遥不可及的回忆。

是的，在五月的月光下，我不止一次想到麦子。我想到五月的麦地，想到在麦地里收割的二姨。想到村后的那片松林，想到从泉眼中汩汩流出的细流，想到山坡上烂漫的野花……

在那个五月，在月光照耀的夜晚，在天才诗人海子的诗里，我又读到了那片五月的麦地，诗人海子说：

> 看麦子时我睡在地里
> 月亮照我如照一口井
> ……
> 麦浪
> 天堂的桌子
> 摆在田野上
> 一块麦地
> 收割季节
> ……
> 羞涩的情人
> 眼前晃动着
>
> 麦秸

> 我们是麦地的心上人
>
> 收麦这天我和仇人
>
> 握手言和

和诗人一样，我多想躺在五月的麦地上，月亮照耀我时如照一口井。看着那随风而起的麦浪，我静默不言。麦子在阳光下发出耀眼的光辉，我是流落在大地上的一株麦子。

让那片月光下的麦地，让那儿时乡村的记忆，成为我温暖的慰藉吧。

我与院子

自小，我就对院子有着深深的情结。

童年的我，一到夏天，就嚷着去二姨家住。二姨家的罗庄村依山傍水、风景如画，三间平房前有一个矮矮的土墙围起来的院子。墙头上长着杂草，院内西墙边有一株半人高的开得茂密的栀子花，整个夏天芬芳满园。院内有菜园，园里的果蔬点缀着大半年的时光。禽畜怡然，精力过剩的鸡飞上飞下，优雅的鹅迈着沉稳的步子，幽默的鸭子浅笑着踱来踱去，花狗慵懒地卧在门后打着呵欠，那头尖嘴竖耳的白猪，正在孜孜不倦地把墙角的土地拱出一个大坑。我走过它们身边，它们继续着自己的事，并不理我。只有檐下的燕子倏然来去，翅间流过的风带着一缕房草的味道。

在那个院子里，傍晚的我最得意了，我们晚饭就在院中的石磨上吃。饭后，二姨把堂屋的凉席拿出来，我会和姨姐争宠，让二姨给我扇扇子却不让姨姐靠近，又叫二姨讲故事给我听，听着听着我就睡着了，等我醒来，已被姨姐抱到屋里床上了……

岁月已经散去多久了啊，二姨也已去世多年，然而，那些笑脸还没有在岁月中流散。我的心里还是那样欢乐，眼里还没有一点尘世的沧桑印迹，见到的都是最圣洁而美好的事物。

后来父母接我回去读书，我们家辗转东海的好几个乡镇，直到我十几岁时，才到县城定居下来。学校分给我们一套宽敞的住宅，门前还有一个规整的大院子。

父母工作之余便在院中劳作着。父亲在房门前栽了两株巨峰葡萄，搭了一个阔气的葡萄架，穿过院子，一直通到南门，葡萄成熟的季节，从院门到房门的小径上方，便挂着珍珠般的葡萄，我们不会等到整串全熟了再摘，而是挑那最大的，一粒一粒地剥开皮吃。整个夏天，葡萄的美味长留齿间，走亲访友，随便摘上几串送去。母亲在院子的东西两边各砌一个花坛，栽种了许多花，月季、芍药、仙人掌、一串红、太阳花、凤仙花……于是出来进去都会染一身清香。一到有月亮的晚上，小院里花影幢幢，"暗香浮动月黄昏"，站在那里，身前身后都是流动的美好。

房后院外，有两棵樱桃树，北窗无缘阳光，却接连有花、有叶、有果实的美丽莅临，使得我书桌的那一扇小窗也绮丽多姿。

在那里，我度过了人生中最美好的时光。

还记得，调皮的弟弟玩弹弓被母亲没收后，我和妹妹悄悄地把它偷来，藏在院中的石板下；还记得，我不小心踩伤了我的猫咪小花，我们姐弟三人流着泪把它埋在葡萄架下；还记得，高考前夕，我在院中早读，母亲悄悄地做好荷包蛋，递到我的面前……

那段时光，似乎就在眼前。

然而，日子却越走越远，我离开家，上了大学，我离开县城，来到省会。母亲也已离我而去……

住在城市的小区里，不管是门前的空地，还是小区里的园林，都很难当成院子。曾经的院落，轻易地离开，却再也回不去。总是走过许多的尘世风雨，才会更留恋庭院中的四季流转，留恋不再重来的情暖情长。院子已成为我心底最纯净的所在，仿佛灵魂的后花园，徜徉着一个最真实最无忧的我。

如果此生还能拥有一方院子，有花草，有风月，有闲情，那么，世间的沧桑便全化作柔软的背景。我会在那里微笑，会在那里老去……

（后记：感谢老公，他知道我对院子的一往情深，于是在城北给我买了一栋两层楼带院子的房子，此生，我真正地拥有了自己的一方院子，在那里，我侍花弄草，品茶赏月。继续演绎着我和院子的故事……）

母亲的回忆

一、生平

母亲离开我五年了。可我的脑海里时刻浮现着她的身影，她那音容笑貌已然定格在我的生活中了。

五年了，我总想写点东西，可每每提起笔来，心头总有一些东西哽着。

如今，我努力让自己平静下来。这个春日，我静坐案前，翻阅尘封已久的相册，任时光倒流……

展现在我眼前的是母亲年轻时的照片。有一张是坐在苏大草坪上的。两条油亮的长辫子垂到胸前，整齐精致的刘海下，是一对月牙般的眼睛，含笑地望着远方。那双眼睛真美！我想，胡蝶的眼睛太细，周璇的眼睛太媚，而母亲的眼睛，是那种见之忘俗的纯净的天然之美。她嘴角微微上翘，是天真而俏皮的。双手抱在膝前，格子衬衣，洁白的工装裤、运动鞋。草坪后是参天的大树，远方还有历史悠久、风格古朴的教学大楼。

另一张，是端坐在图书馆中看报的，还有一张，是和五六个女孩子在苏大门前手拉手漫步的……一张张，虽是黑白照片，但典雅中洋溢着青春的活力与朝气。

母亲是六十年代的大学生。她是从苏北普通人家走出来的，那时外婆务农兼做生意，日子过得小康，母亲是兄妹五个中最小的一个。她聪明执着，勤奋好强，不甘人后。她一路读书过来，从村里到县城。她是我们县第一批高中生，以优异的成绩考入了苏州大学数学系，她的勤学事迹一时间被传为佳话。

母亲的大学生活一直是我好奇和憧憬的。试想，一个苏北的女孩子，怀揣梦想，来到历史悠久、底蕴丰厚、温婉如水的江南佳丽地，去那高等学府读书，是何等浪漫、何等幸福的呀！

这让我想起了王蒙的《青春万岁》：

> 所有的日子，
> 所有的日子都来吧，
> 让我们编织你们，
> 用青春的金线，
> 和幸福的璎珞，
> 编织你们。
> 有那小船上的歌笑，
> 月下校园的欢舞，
> 细雨蒙蒙里踏青，
> 初雪的早晨行军，
> 还有热烈的争论，
> 跃动的、温暖的心……
> 是转眼过去的日子，
> 也是充满遐想的日子，
> 纷纷的心愿迷离，
> 像春天的雨，
> 我们有时间，有力量，
> 有燃烧的信念，
> 我们渴望生活，
> 渴望在天上飞。
> 是单纯的日子，
> 也是多变的日子，
> 浩大的世界，
> 样样叫我们好奇，
> 从来都兴高采烈，
> 从来不淡漠，
> 眼泪，欢笑，深思，
> 全是第一次。

......

母亲的校园生活被我想象得如诗如画，那一张张照片，不就是最好的诠释吗？

提及母亲的大学时代，她满脸兴奋，无不自豪地说："你外婆一直教我做任何事都不甘人后，我从小就好强。在苏大，我是学生会积极分子。我们读书，参加社会活动，我们还学俄语，每一天过得都很充实……我家境好些，会省些钱资助贫困同学……"

......

毕业后的母亲，没有留在人间天堂的苏州城（她完全有机会留校的），而是选择了回家乡。

从此，母亲离开了生活四年的象牙之塔，回到了生她养她的故乡。因为，她是那方土地的女儿。

从那时起，直到退休，我的母亲，教书育人，做班主任，辗转于连云港市东海县的乡村、城镇，一直坚守在教学第一线。

二、离 去

2013 年 8 月 21 日。一个普通的夜晚，因为你的猝然离去，变得刻骨铭心。

那晚，我和往常一样，边吃饭边闲聊。电话铃声响起，我拿起话筒，从父亲带着哭腔的语无伦次的话语里，我得知事情不妙。我飞奔下楼，跑向你的小区。急救车已到达，只见医务人员敏捷地把你抬上车，一路呼啸而去。我拦上一辆出租车追往医院。在抢救室外，我大脑一片空白，随即又不停地幻想：你身体一向康健，只是一时昏厥吧，等你醒来了，会微笑地看着父亲和我们姐弟三人，轻松地说："看把你们吓成这样。没事儿，休息一会儿，我们就回家去，我昨天给你们包的饺子还在冰箱里呢。"

时间一分一秒地过去，医务人员没有一个人出来，走廊里死一般的寂静。我的幻想被一点点打碎，我的心在一点点地往下沉，我不敢呼吸，不敢思维，任身体这样僵硬着……

不知何时，一位面色凝重的医生走出来，把我们领到抢救室，示意我们看检测仪，低声宣布了你的离去，医生的话似从遥远的天边飘来，我——不——相——信！我——不——接——受！这时，我把目光转向你，你面色平静，似乎刚刚睡着，我俯在你的胸前，一声声呼唤着你。我抚摸你的脸，是光滑而温热的，我抚摸你的手，是宽厚而柔软的，我拥抱着你，我感受着你身体的余温，我想用我的体温把你温暖回来，可你的眼睛依然闭着，你就在我的怀中，可是我用尽全力也无法再唤醒你……

你真的走了吗，你真的就这样抛下我了吗？你还没有走远吧，你还能感觉到亲人在你身边吗？你要去的那个地方，会寒冷，会黑暗，会漫长吗？就让我这么抱着你吧，一如我出生时你抱着我。我要让你走得缓慢些，让你走得安静些。

那个夜晚，我们为你穿戴整齐，为你点燃一盏长明灯。你就这么安静地躺着，任身体一点儿、一点儿地凉下去……

我就这么守候着你。

然而，我再也听不到你呼唤我的名字了，我再也不能感受到你温暖的身体带给我的安全感了，我再也不能向你倾诉我的烦恼我的忧伤，再也不能向你分享我的收获我的喜悦……我再也不能在春日里驱车带你去郊外赏梅花，又买回一大把康乃馨插在你客厅的大花瓶里；再也不能在夏日里带你在湖中泛舟，任习习凉风吹散你面颊的汗水；再也不能于深秋第一波寒流来袭时，为你披上我精心挑选的红色羊绒披肩；我再也不能在冬日的雪花飘落时，和你依偎在沙发上，听你讲我儿时的故事……我再也不能吃上你走遍大街小巷采购菜品，花费几天时间制作的什锦菜；再也不能见到你为我买好洗好，只等我下班回家翻炒的新鲜蔬菜了；再也听不到你那熟悉而亲切的话语了……我还没有为你梳一次头发，我还没有为你端过一次汤药，我还没来得及服侍过你一次啊！

我以为我们相伴的日子还很久，然而，就在那一个瞬间，你决然离去，没打一声招呼，没道别一句。四十多年来，我从未离开过你，从出生到上学，从结婚到生子，从幼稚到成熟……你这抽身而去，把我孤独地抛在世间……

那一夜，我，家人，长明灯，伴你渐行渐远。

几年过去了，我希望你能捎个信来，可是长夜不眠，叫我去哪里追寻你的踪迹？

我慢慢地、慢慢地平复了心绪，我渐渐明白了，你的嘱托早已浸透在我几十年的生命中了。你一生光明磊落，襟怀坦荡；你耕耘一世，从不言弃；你勤劳终身，教子有方；你言传身教，努力践行。你和父亲相濡以沫，培养了三个优秀的儿女，你早已把热情乐观、豁达磊落、坚忍顽强、勤奋执着、睿智敏捷等等美好的品质留给了我。你把最宝贵最闪光的财富留给了我。你让我在以后的人生道路上越走越坦然，越走越自信！

因为，我的身上流着你的血液；因为，冥冥之中你一直保佑着我。你从未走远，你是我力量的源泉！

三、师 魂

"育桃李耕耘一世，磊落照乾坤；为儿女辛劳终身，仁爱留千古。"这是母亲去世后，我们姐弟三人在她墓碑上镌刻的挽联。

母亲为人师，为人母，她生前的一幕幕如电影镜头般浮现在眼前。

在我的印象中，母亲总是开朗活泼，精力充沛，我从未见过她疲劳的时候。听父亲讲，母亲生我五十天后就重返课堂。除了生育我们姐弟三人的哺乳期外，她一直都在做班主任，坚守在教学第一线。她爱生如子，与学生建立了长达半个多世纪的亲密情谊。

我家住在学校，每天早晨，住校生都要跑操。父母便早早起床，看看熟睡的我，把我的被子重新盖好，塞紧实，就匆匆去操场带领学生跑步了。等散了操，我也醒了，母亲便到我床前，我见她搓着手，嘴里哈着气，她的手触到我的脸，好冷啊。可她的脸红扑扑的，闪着健康而滋润的光。

母亲上班去了，她的办公室和教室是我经常光顾的地方。她备课，批改作业，找学生谈话，一刻也不闲着。我就在一旁读小画书，照着书上的图去描画。画完了，就拿着到母亲班上和哥哥姐姐们玩，直到母亲过来上课，我才恋恋不舍地离开。

父母当时在县城北部的李埝中学，那儿是岭地，条件很艰苦。学校没有水井，师生饮水要到数里路外的村庄去挑。父母是个有心人，他们多方考察，从村民口中得知地下有水源，"凿井！"这个大胆的决定是母亲提出来的。他们征得校长同意后，带着两个班的学生，在操场北面的空地上，利用课余时间，历时一个多月，披星戴月，挥汗如雨……硬是凿出了一口井！

每每听到父母讲述这段近似传奇的故事，我都充满了好奇与钦佩！

……

母亲从教的那个年代物质条件还很艰苦，农村孩子求学很不容易。每天中午，父母都要烧几瓶开水送到教室，让带干粮的孩子能喝到热水。

那天夜晚，我在睡梦中依稀听见父母的叹息声。我屏住呼吸听他们低声说话。

"唉！这孩子已经三天没来上学了，临走那天眼圈红红的。听同学说家里没钱交学费。"这是母亲的声音。

"若真如此，我们不妨从生活费中拿出十几元钱替她交了吧。"父亲说。

"可是……"母亲欲言又止，"我们这样经济就更紧张了。我们要赡养两家的老人，孩子上学也要钱……老二又要出生了，工资就几十块钱……"

父亲也犹豫了。

最终母亲说："我们不能眼睁睁看着这同学辍学呀！帮她一把吧！"

第二天，母亲拿出带着体温的十五元钱，来到那位同学家，那位同学顿时失声痛哭。母亲搂着她，说了些安慰的话，拉着她的手重返学校。

父母每月会从工资中抽出几块钱垫付她的生活费，直到她中学毕业。

多年过去了，大家生活都好了，这位同学每年都看望父母。得知母亲去世的消息，她带着老公和一双儿女，从老家连夜坐高铁赶来，在母亲墓前长跪不起。

……

我的母亲，终身为人师，她用自己博大的胸怀关爱着每一位同学，她用自己朴实的言行熏陶着与她相处的每一个人。

她光明磊落，襟怀坦荡；她热情似火，传递大爱；她身体力行，努力执着……

有一首歌《长大后我就成了你》，从我踏上教师岗位的那一天起，我就沿着你的路一直走下去。

我不停地告诫自己：向母亲那样，传递爱，传递温暖，传递智慧！

因为，你的师魂已注入我的生命中。

四、不服输的你

在我的印象中，你从来都是一个不服输的人。

你常说：人，要活出一种精神，不惧怕困难，不屈服命运，做生活的强者！

你是这样说的，更是用毕生的行动践行这句话的。

你从苏北普通的农家走出，用你的执着与勤奋，一路读书过来，成为县城第一批高中生，又以傲人的成绩考入苏州大学。毕业后的你服从组织分配，回到生养你的那方土地，辗转于乡村、城镇，教书育人，任劳任怨。

听父亲说，我出生五十天后你就重返课堂，除了生育我们姐弟三人的哺乳期外，你一直都在做班主任，坚守在教学第一线。

记得我们家住在县城北郊的李埝中学，那儿是岭地，条件很艰苦。学校没有水井，师生饮水要到数里外的村庄去挑。每天早晨你要和父亲把水缸里的水挑满，接连烧几壶开水，中午提到教室，让带干粮的学生们喝上温热的水。可即便是这样，水依然供不应求。

父亲走访当地的农民，听说地下有水源。你得知这一消息，兴奋异常。一个大胆的设想在你心中成熟。

你和父亲商议好后，便和校长提议：挖一口井！

校长吃惊地看着你，疑惑地问："这样难度太大了吧？"

你坚定地说："试一试，拼一回吧！"

于是，大家选定了学校最北边的一片空地，破土动工。从此，你们几个老师和高中两个班的学生一起，撸起袖子，放学后，周日里，叩石垦壤，一锹一锹地砸下去，石缝间迸出星星火花。父亲和学生们自制滑轮运土，地上堆出的碎石土壤越来越高，一米、两米，凿下去的洞一点点地往地下延伸，洞口由大到小，可除了碎石黄土，没发现任何水源。工程艰难地进展着……

每天晚上，我看你迈着疲惫的步子回家，你的手上磨出了血泡，你红润的的面庞日渐消瘦，你原本整洁的衣服鞋上沾满了泥土。我心疼地问你："这岭地上能挖出水来吗？算了吧，太累了，别干了。"

"不！我们不会停下来，肯定能挖出水来！"

你斩钉截铁的语言让我无法再阻拦你，因为，我知道你骨子里那不服输的个性。

就这样，几个老师带领一群学生，披星戴月，挥汗如雨。洞口往下，五米、十米……终于，历经了一个多月，那个午后，最后一凿下去，甘甜如清泉般的水汨汨而出，凿井成功了！

我看你长长地舒了一口气，憔悴的脸上绽放出欣慰的笑容！

……

多年之后，一个暑假，我开车陪同退休的你和父亲故地重游，来到李埝中学，年轻的校长得知来意后欣喜异常，带领我们参观了已成为校史的那口水井，并对拓荒的你深深地鞠躬！你没有想到，你和父亲当初的善举已载入校史！

行文至此，泪眼模糊中，你的形象益发圣洁而明晰，我似乎听到了你亲切的话语："女儿，人活一世，要有一种风骨！"

母亲，你放心吧，我的身上流着你的血液，我会沿着你的足迹，一步一个脚印，走好我人生的每一步！

五、慈母 严师

母亲离开我已经五年了，然而日里梦中，她的面容时常浮现在我的脑海中。

印象中的母亲依然那么年轻。齐耳的短发，光洁的面庞，面色红润，目光明亮。她的眼睛，是那种大而有神的，时而严厉，时而温柔。我们姐弟的一举一动，都投映在她那双眼睛里。在那双大眼睛的关注下，我们姐弟三人，一步一个脚印，健康成长。

我是家中老大，弟弟妹妹还没出生时，我就拥有众多的小画书，全部是彩色的。父亲专门为我做了一个小巧的书箱。每日睡前，我都躺在母亲怀里，听母亲给我读故事书，并教我识字。识的字多了，我便自己捧着故事书看，什么《会摇尾巴的大灰狼》《小黑鳗游大海》啦，我都看得如痴如醉。我至今热爱读书，是童年时受母亲潜移默化的影响吧。

上小学了，母亲给我缝制了一个正方形的斜肩背布包，包上有一个可掀起的盖子。淡绿的底色，上面绣着两片亭亭的荷叶，荷叶上方是一朵鲜艳的荷花。母亲打开书包，我看到里面有崭新的文具盒、铅笔、橡皮，还有几个花花绿绿的本子。母亲笑吟吟地把这些东西交到我的手中。一下子拥有这么多新的伙伴，我当然爱上学了。

每天晚上，我与父母同坐一张书桌。他们备课，批改作业；我读书、写字。母亲时不时投过目光来，纠正我的坐姿，教我笔画顺序，描红握笔。窗外，有时寒风呼啸，有时春雨潇潇。室内，我的小猫在我脚下穿梭。但母亲不许我学习时和小猫玩，直到完成任务，收拾好书包，母亲递给我一个眼神后，我才能把猫咪揽入怀中。

妹妹和弟弟相继出生，陆续上学了。母亲对我学习上的要求更加严格了。她要让我做弟弟妹妹的榜样。

暑假到了，母亲给我们规定作息时间，让我和妹妹每人制订一份学习计划。家中弟弟还小，亲戚往来较多，有些嘈杂。为了让我们有更安静的学习环境，母亲专门向学校借了一间平房，搬来几张课桌和学习用具，把我们的计划贴在课桌前的墙上。

早饭后，她把我和妹妹带到房间，提出具体要求。我们便各就各位，先完成作业，然后读书、绘画、练书法。母亲做完家务，会带着弟弟过来巡视、陪伴。

母亲给我们买来字帖、宣纸、画谱等。我练钢笔字，练毛笔字。练毛笔字时，母亲亲身示范，我见她端坐桌前，运用五指执笔，羊毫稳稳地悬在她手中。她要求我从笔画练起，"横""竖""点""撇""捺""钩""提""挑""折"，每一个笔画我至少要练一张。笔画练顺后，才允许我写字。我练柳体字，练颜体字，我枕腕写小楷，悬腕写中楷。我自己还照着《芥子园画谱》，描画各种山水。砚台每日必磨，宣纸上散发着油墨的清香，年少的我心情安静而怡然。妹妹也学样画画，她的绘画渐渐超过了我，后来凭绘画功底考取了东大建筑系。

母亲家务很忙，但她每日必定检查我们的作业。不合格之处，定要当天修改，决不许留到第二天。我们练的字，她每张都圈点勾画，我们的绘画，她精心收藏着。

上午的学习已经是我们的常态，就连弟弟来房间时，也手捧几本画册看，从不捣乱。

午后，我们便读课外书。母亲说："腹有诗书气自华！一定要趁假期多读几本书，充实自己。"我每个暑假至少读十本书，母亲要求我每读一本书都要留痕迹，我便摘抄，做笔记。《红楼梦》《三国演义》《水浒传》《封神演义》《家春秋》《青春之歌》《静静的顿河》《飘》……没上完初中的我全读完了，渐渐有了一些文学功底。

书香浸润了我的青少年时代。

那时，没有家教，没有辅导班，是父母引导着我们，更是母亲言传身教，让我们一步一步，稳稳地走在成长的路上。

我的学生时代大多在乡镇读书，直到上了高中，才随父母来到县城。进入县中后，我顿感英语的薄弱（我英语只学过两年），我听不懂老师的课。入学第一次英语考试竟然不及格！我心情低落到了极点，这当然瞒不过密切关注我的母亲。她心急如焚，一边安慰我，一边懊悔自己没有早送我入县中，接着急切和老师联系，说明情况。

记得那天晚上，母亲来到我的书房，坐在我的面前，抚着我的肩，轻轻叹了一口气，说："孩子，都怪爸妈，我们早应该送你进县城读书。现在说后悔的话也没有用了，我和老师联系好了，你每天放学后去老师办公室，补半小时课，让老师把你没学过的补上吧。你要好好珍惜，加倍努力，争取追上去啊！"

我看着母亲的眼睛，有懊悔，有焦虑，有关切，有企盼……

我的泪一下子涌了出来，我点点头："妈，你放心，我会努力的！"

我在老师那儿补了大约一个月的课，渐渐跟上班级了。后来，我的学习越来越顺利，母亲脸上终于现出了欣慰的笑容。

就这样，我和弟弟妹妹，在父母的引领下，走在求知的路上。弟弟妹妹的起点比我更高，我们相继考上了理想的大学，拥有了幸福的生活。

我的母亲，与父亲相濡以沫，勤奋工作，努力生活，赡养老人，教育子女，肩扛一个家。

我的母亲，是慈母，是严师。

六、母亲的面食

冬至这日，我和父亲在家包饺子。

我在面盆里放两碗面粉，边倒入温水边搅拌，面粉渐渐凝聚在一起，我不停地揉搓着，不一会儿，圆润的面团在我手中成形。我一看，面盆光洁如新，那温热的面团稳稳地落在其中。我轻舒了一口气。

父亲出神地看着我揉面，半晌，说道："和你妈一样的手巧。"

其实，我在揉面的时候，就感到母亲的身影又回来了……

母亲做得一手好面食，童年时我们家吃得总比别人好，父亲常打趣地说："我家钱都花在吃上了"。

那时父母亲工作很忙碌。一下班，母亲便匆匆赶回家中。她把课本等放在书桌上，洗净双手，擦干，系上围裙，便到厨房里忙碌起来了。

前一日，她就把面发酵好，此时面团松软得如面包。只见她铺开面板，把碱粉混和着面粉均匀地洒在上面，把盆里发酵好的面取出，放在上面反复揉搓，她说越揉越有劲道。面团微微发黄了，她俯下身子闻一闻，说道："好香！"顺手用白纱布蒙在上面，接着她去洗蒸锅烧开水了。

几十分钟后，他回到面板前。掀开白纱布，把白胖的面团揉成柱状，切成大小一致的方块。她又从中挑出几个形状不整齐的，搓成椭圆形状，从一端两手一捏，捏成两只猪耳朵，耳朵下面按一下，用牙签戳几个洞，猪鼻子出来了，又找来两粒红豆，嵌在鼻子的上方。母亲端详着，还觉得不完美，又另找一小块面搓成尾巴，安在背后。这样一只活脱脱的小猪就捏成了。

20分钟后，第一笼馒头出锅，热气腾腾得摆满了一桌子。用手轻按，弹性极好，我们姐弟一起围过去。弟弟最先挑走了一只白胖的小猪。他在手中把玩了好一会儿，才送入口中。

母亲会不停地变换着花样，今天捏小猪，明天整小兔，让我们边品尝美食，边欣赏她捏制的工艺品。

母亲做馒头，从不用人帮忙。若是包饺子，我们就会一齐上阵。母亲和面时，父亲在一旁准备饺馅。父亲把猪肉切块，剁成肉泥，再把大白菜心切成小粒，剁碎之后，用纱布把水挤干。菜和肉混在一起，倒入料酒酱油，撒上盐、葱姜末，搅拌几下，饺馅大功告成。

母亲则像变魔术一般，一块面团，在她手中不停地变换着形状，由圆变长，成细细一条。再均匀地切出一元硬币大小两公分宽的小块，用手掌压成圆饼状。接着，她一手捏面一手持擀面杖，动作娴熟而灵巧。我在一旁看得出神，等我反应过来，母亲已经把所有的饺子皮都做好了。她用手捋了一把刘海，我看到她额头上渗出了细细的汗珠。

弟弟也凑过来玩面团，妹妹则乖巧地坐在小凳子上剥蒜。我呢，学样包饺子。我们每个人手下的饺子，风格各异，母亲包的饺子，花边均匀，最俊俏。水烧开了，饺子丢进去，像一尾尾小银鱼上下翻滚。瞬间，饺子的香味弥漫在整个房间。

窗外是凛冽的寒风，窗玻璃上结着晶莹的冰花，餐桌上是一盘盘热气腾腾的饺子。一家人围坐其间，吃着饺子，谈笑风生。

那种温馨，那种快乐，那种单纯的幸福，仿佛就在眼前。

……

"饺馅调好了。"父亲的声音把我拉回现实。

我怔怔地望着父亲，他已显苍老。

我们盛起第一碗饺子，我双手捧着，默默来到楼下。我想念着母亲，抬头，看到天边一朵云飘过，冥冥之中有一种感应吗？

七、长阳的记忆

搬离长阳花园四年了。今日，我和小明饭后散步，不由得又走进了小区。

这是我生活了十多年的小区，我熟悉这儿的一花一草、一石一木。刚搬来的时候，绿化刚刚开始，如今，已是附近小区的样板。树木蔚然成林，香樟的浓荫让小区有一种安静的氛围。

我们来到了小区的中心花园。时值春日，紫藤爬满了花廊，那枝干盘曲遒劲。我们在廊下木制的长凳上坐下，脚下是鹅卵石铺就的小路。我抬头，看孩子们在广场的大理石上嬉戏，宠物在欢快地奔跑，还有傍晚散步的居民。小明也曾在此玩耍过，溜过旱冰，放过风筝，骑过车子……那时，一大早，母亲会和广场上同龄的老人们打拳舞剑。母亲是他们的头儿，什么活动都是母亲组织的。傍晚时分，饭后，母亲会和父亲在小区里散步。母亲腿不好，他们就走走歇歇。来到这花廊下，他们必定要坐下来揉揉腿，吹吹微风，和邻居们聊聊天，唠唠嗑。偶尔，我也会陪他们走一走。更多的时候，我见他们走的缓慢，没走出几步，我便匆匆回去做自己的事了。那时，我为什么那么忙呢？如今，有了时间，身边却没有了母亲。

"妈，我们往前走走吧。"小明拉着我的手，叫了一声。我便站起身，往曾经住过的那栋楼走去。当初买房子的时候我和老公就看中了那栋楼，我称它为小区的楼王，前面无遮无拦，是大片的草坪，还有蜿蜒的甬道，草坪上种着茶梅、杜鹃、月季、栀子花，还有桃树、樱花树。春日里是花的海洋，还是鸟儿的乐园。

每逢栀子花盛开的清晨，母亲一大早就会来到楼下，采下一大把，放在我卧室的花瓶里，那芬芳顿时弥漫开来。母亲还曾从钟点工家讨来几株香椿苗，植于草坪的空地上。春日香椿爆蛋是我们家的时令美味。现在我漫步于石子铺成的甬道上，不见了香椿苗。我正奇怪，小明叫了起来："妈，你看！"我顺着他指的方向抬头看去，见几株高大挺拔的粗壮树木。

我恍然明白，这就是香椿树。几年的无人采摘，他们竟然直冲上云霄了。我扶着光滑的枝干，感慨不已。

我向北望去，看到了我们曾经的家。此时夜色已朦胧，华灯初上。阳台后面客厅上方悬挂的还是那盏铜灯，还是那么明亮。曾经，母亲坐在沙发上，把各大集市采购来的新鲜蔬菜摊开，放在茶几上，精心挑拣。他和父亲要花费几天的时间制作什锦菜。买菜、捡菜、洗菜、晾干。锅碗瓢盆齐上阵，葱姜油盐全备齐，摆了满满一厨房。一切准备好了之后，这才开始逐一翻炒，最后再拌上香油，装盘成功，满满一大盆。对他们来讲，每道工序都不能少，每一道工序都特别讲究，每道工序更是一种享受。做好什锦菜后，他们定会按量送给邻居，又打电话让妹妹来取菜。看着我们吃得津津有味，他们脸上有一种特别的成就感和自豪感！如今，没有了母亲的合作，父亲只有一人操办什锦菜了。我想帮忙，可是他不让我插手，对我的技术，他不放心的。

……

我和小明就这样，边走着边想着自己的心事。我们绕到了楼房的后面，看到父母卧室的窗户。哦，我记起来了，为了不影响孩子的学习，他们看电视几乎都在自己的卧室里。时不时的，他们会走出卧室，削一个水果送进女儿房间。母亲会搂着女儿的肩，说道："璐子，休息一会儿，别太累着。"一晃儿，女儿已经工作几年了，儿子也由当年的顽童变成文质彬彬的大小伙子了……

我怔怔地望着那面白墙，忽然，房间的灯熄了。小明拉拉我的手，我恍然回到现实中来，方知母亲已经离去数年了，走得那么突然，没打招呼，没道别，就像这盏灯，忽然就熄灭了。

母亲早已离去了呀！

而那绵长温暖的记忆，却留在了我们曾生活过的每一个角落，留在了我内心的最深处。

今日，我来到长阳，重温那往昔的岁月，重拾起那片片落花，用这浅浅的文字珍藏起来。

我的婆婆

（一）初 识

第一次见到我的婆婆，着实让我吃了一惊。

那是一个周六的上午，我带上父母为我准备的礼物，和男朋友两个人，共骑一辆自行车前行。他骑车，我坐在后座上，我们从县城一路南下，前往他平明乡下的老家，见他的父母——我未来的公婆。

一路上我们欢歌笑语，谈笑风生，通往乡间的每一条路，两旁都是笔直的白杨树，一阵风吹过，树叶哗啦啦响起，像是起伏的掌声。路两旁是一望无际的碧绿稻田，上面还弥漫着白白的雾气，清香拂面而来……一切都是那么清新！

我们骑行了一个多小时，男友指着稻田深处的一个村庄说，快到了。

走进村子，我们下车推行，早有乡邻们亲热地过来打招呼，还有几个孩子见了我们，立刻飞奔前去报信。我们走向村子偏后的一排房子。我看到男友的妹妹搀着一位老妇人迎了上来，那是怎样的一位老人啊！那么瘦小，鬓发如银，腰弯似弓！我心中一颤，这时男友拉拉我的手，我立刻反应过来，礼貌地叫了一声："妈！"

"哎——"老人脸上绽开了一朵花，"终于到了，好，好，进屋坐。"她满面含笑地招呼我们进家门。

我随着他们向堂屋走去，我的眼睛瞟瞟男友，再看看他的母亲，我怎么也不能把眼前这位老人和他那高大帅气的儿子联系起来……

屋内已是济济一堂，男友的父亲，叔叔，婶子，还有几位亲戚、邻居，以及和男友妹妹年纪相仿的几个小姑娘。我把带来的礼物递了上去，这时男友母亲转身去厢房，很快又走了出来，我看见她手里拿着几张百元大钞，她快步到我面钱把钱塞到我手里。"孩子，钱不多，拿着吧。"我触到了她那双手，是暖暖的，又是粗糙的、骨节分明的。我不敢拿这份礼物，男友在一旁说道："这是妈给你的见面礼，收下吧。"听他这么一说，我恭敬不如从命了。

我便和男友在屋里坐着，堂屋内摆着两张大圆桌，男友母亲带着村里的婶子、大嫂，几个人在厨房忙碌着。一会儿，两张桌子上摆满了菜肴。男友父亲招呼客人入座，男宾一桌，女宾一桌，男友父亲把亲朋好友一一介绍给我，可是我总不见男友母亲的身影。我有些纳闷，却不好问。终于酒席结束，我来到门外，看见男友母亲还在灶间，她正坐在灶旁的小矮凳子上吃饭。

"为什么你母亲不上桌吃饭呢？"后来我问男友。

男友说："人比较多，再说我母亲习惯这样。"

可是……

我要回去啦，男友父母，弟弟妹妹，大半个村庄的乡邻，一直送到村头。男友母亲依旧由妹妹搀着，她手里拿着两条糕，临别的时候递到我的手上。

我仔细端详着她，在重重的皱纹里，依稀可见端庄的五官，她眼神总是笑盈盈的，一笑起来，露出整齐洁白的牙齿。如银的白发，用一支银色的发圈笼起，梳在脑后，盘成一个髻。她手上戴着好几只银镯子，穿着天蓝色的大襟布衫，裤脚束起，脚上的布鞋，小巧而干净。她是那么安静，那么慈祥，含笑的眼神一直望着我，我有一种想去拥抱她的冲动。

她就是我男友生命中最重要的女人，她就是我未来的婆婆。

（二）持　家

在苏北平原，一望无际的稻田深处，有一座百十户人家的村落，蔷薇河从村后流过，岸边那户人家便是我公公婆婆的家。

农村的夜，万籁俱寂，偶尔的一两声鸡啼唤醒了早起的村民。这时，婆婆第一个起床，她悄悄走出厢房，点亮一盏煤油灯，来到灶间。她先烧一锅开水，灌入水瓶里，又把昨晚浸泡过的小麦舀进盆里，吃力地端着，放到院中的石磨上。公公也起床了，他们俩便拿起磨棍，一前一后，一步一步地推着磨。上面磨盘中间有一个加料的孔，每走两圈，婆婆要用水瓢舀一次小麦放进去。随着磨盘一圈圈的转动，麦糊便从磨盘四周倾泻而下，流到下方的凹槽里，凹槽边有一个缺口，糊状的麦粉便顺着凹槽流进下方的空盆里。

他们推一会儿，休息一会儿，看到盆里的小麦糊已经足够多了，便停下。这时东方泛起了鱼肚白，薄薄的雾气弥漫在院子里。公公在院子的小凳上坐着休息，婆婆则一刻不停地来到灶间，她要趁孩子们还没起床时，先打一个蛋花给公公吃。

接着婆婆把一大锅粥烧开，盖上锅盖，闷着。她把搁在墙角的鏊子取下来，点火，烧热，洗净双手，一块块地烙着煎饼。她动作娴熟，手脚麻利，几乎不需要丈夫帮忙，煎饼一层层摞起来，香味弥漫在灶间，袅袅炊烟从烟囱升起。

渐渐地，大家都起来了，早餐时间已到，一家人围坐一起。婆婆给每个人分配好了一天的干粮，家中姐弟七人，后来，大姐二姐相继出嫁，家中由九人变为七人。

早饭后，孩子们带上干粮各自上学或割草去了。公公到院中收拾农具，准备下田干活。婆婆一刻也不闲着，她把灶间洗刷完毕，又为家中养的两头猪准备食物了。她来到院外的猪圈，打开栅栏，把饲料菜叶熬成的食物倒入猪槽，她把搭在颈上的手巾取下，擦擦额头的汗，双手背在身后，满意地看着一天天壮实的两头猪，心里盘算着，年前趁高价时卖掉吧。过年了，给孩子们添点衣服鞋袜，下学期儿子的学费也有着落啦！

太阳渐渐升高了，暑气蒸腾了上来，丈夫在田间劳作，没空回家。家中人口众多，丈夫是顶梁柱，身体千万不能垮啊！早上的那个鸡蛋远远不够的，捏几个饺子送去吧。她来到菜园，割一把韭菜，去井边洗净。又去鸡窝里掏出几只鸡蛋。做馅，和面，擀皮，一会儿工夫，几十个俊俏的饺子整整齐齐地摆在案板上，饺子丢进沸腾的锅里，像一尾尾小银鱼，上下翻滚。刚出锅的饺子香气扑鼻，她捏起一个，尝尝，味道美极了。

她坐在地头，看着丈夫吃饺子，丈夫让她一起吃，她说在家吃过了。可丈夫不曾知道，其实这饺子她只尝了一个。对他而言，孩子们吃饱即可，但丈夫是家里的顶梁柱，一定要多补充营养啊！

大家庭的生活是忙碌的。一天三顿饭，几十只煎饼，要加工；丈夫孩子的服装鞋袜，要清洗缝补；家里院内的物件，要整理得井井有条。家中除了养两头猪，还有一群鸡鸭。一只老母鸡正在孵雏，每日要把水和稻子端到它面前，再过一个星期小鸡就出壳啦。鸭们每日去蔷薇河里觅食,丢一两只蛋在岸边也是常有的事,鸡蛋鸭蛋,每日总能收获三五只。

除了每日丈夫一个水花蛋,隔几天小瓜炒蛋给孩子们解解馋,剩下的就攒到集市上卖,换个油盐钱。多余的钱在集市上买一些柳条木棍,便宜得很,丈夫在农闲时会用柳条编筐,会打制铁锹等农具去卖。家中人口虽多,可精打细算,省吃俭用,日子过得还不错。这在村上算得上中等人家了。

午后有点空,她会去邻家串串门,唠唠嗑。看到贫穷的人家,她会安慰几句,随即回到家中,舀几碗米,拿两块煎饼,悄悄送去。她做这些事,并不想让丈夫孩子知道。

傍晚时分,家人陆续回来了,鸡鸭们也在院子里,围着女主人喳喳叫着。撒一把秕谷,鸡鸭低头啄食,数点一下,一只不少。她又回到灶间忙碌起来。

就这样,日复一日,年复一年……不知何时,她感觉腰部隐隐不适,她尝试着把身体放低一些,再放低一些……渐渐地,腰再也直不起来了……

这,就是我的婆婆,苏北乡村的一个普通的家庭妇女,没有读过一天书,生养了七个子女。在那个物质贫乏的年代里,她和公公一起,凭着他们勤劳的双手,面朝黄土背朝天,辛勤地劳作着,积极地生活着。

他们,用朴素的爱,滋养着子女,为子女托起了一片蓝天。

(三)鲫鱼锅贴

结婚之后,每逢假日,我都想去乡下的婆婆家。

那儿,有一望无际的碧绿田野,有开着零星荷花的浅浅的池塘,有飘着柔柔水草、游着欢快小鱼的溪流,有一畦畦葱郁的菜园:红的萝卜,青的辣椒,紫的茄子,橙的南瓜……还有,让我一见便觉亲切慈祥的公公婆婆,他们会做我在城里从未吃过的鲫鱼锅贴。

我们骑着自行车,一路欢快地从县城南下。天空清亮透明,田野生机勃勃,我们途经黑石岭、翻水站,骑车来到了房山,那日正值逢集,我们逛了好久,晌午继续赶路。

下午，我们到家，我老远看见婆婆在门口的屋檐下坐着。她看见我们，便从小凳子上站起来，弓着腰，两手摞在身后，迈着碎步迎接我们。我奔过去，亲热地给她一个拥抱。

婆婆从地里掰了几个玉米，连皮煮了让我们先吃着。接着她就准备做晚饭了，我每次回来，她第一顿总是包饺子，这是农村的习俗。她今天包的饺子是方瓜徽子馅的，清脆鲜嫩的小方瓜切成小丁状，徽子切碎了掺进去拌匀，饺馅里只放油和盐，清香素淡，特别爽口。

我们围在小桌边，坐着小矮凳吃饭。他们有高的八仙桌，但平时不用来吃饭。我感觉坐小凳子很有趣。

乡下的天黑得早，掌灯时分，我们便坐在堂屋里聊天：东家的老母猪一窝生了十几只，西家的房子也盖上了，儿子终于娶媳妇啦……婆婆忽然想起什么，从我们带来的东西中，拿出几个苹果，一包桃酥，悄悄告诉我们："去南面送给二叔家吧。"二叔二婶一辈子无儿无女，我们每次回老家，婆婆都让我们送些糕点过去。其实，我们早就备上两份了。

第二日，我赶早起床，来到门口，呼吸那乡间特有的清新空气，田野里弥漫着薄薄的雾气，草叶上的露珠晶莹圆润。微风吹过，稻禾的清香拂面而来，空气中混合着土壤的气息，还有炊烟的香气，东方的天空熹微清亮，一切是那么恬静、那么安然！

回到院中，公婆正忙碌着做早饭，公公早就到蔷薇河边，把刚捕来的鱼买了回家。更多的时候，捕鱼的小伙子会把一篓鱼提到我们家门口，笑着说："大爷，今天的鱼好！刚捕的，你先挑吧，剩下的我再拿去卖。"

那时，公婆的几个女儿已经出嫁，两个儿子工作了，收入都不错，时常送钱回家，家中早盖起了三间瓦房，小儿子也去县城读书了，日子在村子里已是数得上的小康之家。

鲫鱼锅贴是婆婆的拿手好菜。她提前一天把面发好，一大早起来，她就把发面揉好切块，每块搓成纺锤形状，放在面板上待用。她又把公公洗净的鲫鱼取来，用面粉裹好，放在大铁锅里煎炸，接着放入花椒、红椒、葱姜蒜，又切一碗长条形状的豆腐放在鱼上，倒入酱油，舀几勺自制的豆瓣酱，加上一大锅水，最后从园子里采一把茴香洒在上面，添上柴火，大火烧开两滚。之后，她洗净双手，端来一海碗凉水，手捧面团在凉水里过一下，迅速贴到滚烫的铁锅边上，一只锅大约能贴十几只。她又盖上锅盖，再烧一滚，鱼和锅贴全熟了。

她掀起锅盖,随着一阵雾气,扑鼻的香味顿时弥漫在灶间。只见锅里"汩汩"地冒着泡,白胖的锅贴密密地挤在一起,用手轻轻一按,弹性极好。婆婆拿起铁铲从下往上轻轻一触,面皮松软,底部金黄酥脆的锅贴便出锅了。有几个锅贴的底端还粘着鱼的汤汁,我在她身旁看得出了神。婆婆一口气把十几个锅贴全取下来,放在小竹筐里,她先递一个到我手上,再把小筐拿到小桌上,她又去盛杂粮粥啦。

我把锅贴脆皮揭下,送入口中,热热乎乎,酥酥脆脆,饼的清香和鱼的鲜香掺和在一起,啊!我从未吃过如此新鲜的美味!婆婆见我如此爱吃,就把另外几只的脆皮也揭下来递给我说:"趁热多吃几个,等冷了,就不脆了。"

鱼端上来了,满满的一小盆,刚捕来的鱼加上自家园中的调料烹饪出来的,自然是最新鲜的美味了,鱼锅中的老豆腐是隔壁邻居昨天才做的,比鱼的味道更醇香。

我胃口大开,早把减肥置之度外,吃了好几只锅贴,又喝了两碗粥,那粥其实就是加工过的小麦粒和玉米面,放进锅里烧一滚后,盖上锅盖闷成的,可为什么那么香呢?

婆婆不急着吃饭,她不停地为我们拿饼盛饭,乐得合不拢嘴。此时公公笑道:"孩子,你在城里吃的是碳炉里做的饭,哪有我们草锅烧的饭菜香啊。常回家看看,我们多做些给你吃啊!"

是啊,在城里,我们忙于工作,时光匆匆。在这儿,岁月是那么舒缓,那么静谧,又有两位慈祥的老人,这饭菜的香味,是满满的爱的味道呀!

每次返回城中,我都要向父母讲述婆婆家的饭菜,母亲打趣地说:"又长胖啦!原担心女儿找了个农村婆婆会吃苦呢,如今,被公婆宠得乐不思蜀了!"

真的呢,我是个有福之人!

(四)祖孙情

结婚之后的日子,假日里去婆婆家,是我生活中休闲快乐的时光。

不久,我怀上了宝宝,母亲说:"以后,你不能再骑自行车去乡下了。"

老家的婆婆得到这个喜讯,喜不自胜。她在家里准备了好几天,终于在逢集那天，她坐上邻居的手扶拖拉机，一大早就从乡下赶了过来。

我们还在上班，中午回家，看见婆婆坐在家门口等待。我连忙把她搀进屋内，见她带了满满两竹篮东西。小巧白净的草鸡蛋，红红的大枣，还有南瓜、茄子、青椒、腌制好的酸菜……我吃惊地说："妈，这么多的东西，你一个人怎么拿得动啊？"

她拍拍身上的尘土，坐在沙发上，很轻松地说："村东的二娃帮我提着篮子，一直把我送到门口，他知道你们中午才下班，没再等待就回去啦。"

婆婆在我这儿待了一天就要回家。公公在家干农活，家中还有两头猪，一群鸡，几只鸭子，她放心不下。

可婆婆又牵挂着我，每隔十天半月就来探望一次。就这样，城里乡下，两地一线，大半年的日子过去了。门前的树叶由青葱变为枯黄，秋风萧瑟，小径铺满了落叶。不久，寒风呼啸，窗玻璃上结满了冰花……不知何时，屋后的合欢树又悄悄地冒出了新芽，甜甜的香气扑鼻而来。

漫长而充满期待的十个月过去了，在那个冰雪消融，大地回春，绿柳扶风，微风荡漾的春日，女儿姗姗来到人间。

女儿降生的那一刻，母亲、婆婆、先生在产房外焦急地等待。

"哇——"一声响亮的啼哭，划破了夜的寂静。母亲立刻奔进来，把女儿紧紧搂在怀中，她把女儿送到我的面前，可疲惫的我神智已经不太清楚了。

护士要把女儿送到育儿箱观察了，母亲忙着赶回家做吃的。朦胧中，我听见婆婆追着护士，叮嘱道："我家孙女，鼻子高高的，额头饱满的，你做个记号，可不能弄错了啊！"

我住院的第一天晚上，母亲、婆婆就守在床前，整夜未合眼。等护士第二天把女儿送回病房，婆婆立刻从凳子上跃起，仔细端详着那小小的人儿，点头说道："没错！鼻子高高的，额头饱满的，是我家的。"她这一句，说得母亲和整个病房的人都笑了。

我们顺利从医院返回家中。

那时母亲还没退休，她每日下了班匆匆赶来，买鸡买鱼。最初的那几日，婆婆几乎是一天24小时陪护在身边，她忙得脚不连地，一天要做四五顿饭给我，什么鲫鱼汤，骨头汤，加之母亲每日送来的鸡汤、猪蹄汤……可是我并没有多少胃口。

婆婆早从家里备好了尿布，洗得干干净净的，下雨的日子，她每日在炉子上把尿布烤得松松软软的。女儿只要有一点动静，她便奔过来抱入怀中。

怀中的女儿一天天长大，粉粉嫩嫩的，眼睛清澈得像一汪泉水，闭上眼睛，睫毛密密地垂下来，清晰可数。两颊胖嘟嘟的，张开的小嘴像嗷嗷待哺的小燕子。她会咯咯地笑，露出两个小小的酒窝。

婆婆不让我起床，她抱着女儿，眯着眼睛微微摇晃，口里还轻轻地吟唱着。我端详着这祖孙俩，一个苍老如古树，满是皱纹的脸，佝偻的背，粗糙的双手；一个稚嫩得刚出壳，娇小可爱，楚楚可人……多么和谐而鲜明的一幅画呀。

女儿蹒跚学步了。县中的家属院中，常常会看到这样的一幕：东碰西撞，跟跟跄跄的小孙女在前面奔跑，弯腰驼背，快步急走的奶奶在后紧追。前面的孙女跑得开心，后面的奶奶追得紧张。老人实在追不上了，正停下来喘口气，孙女也稳住了脚步，转过身咯咯咯笑着……一会儿，她绕到奶奶身后，顺着奶奶驼着的背爬了上去，挥舞双手，"驾！驾！"奶奶双手放在身后，揽住孩子，等孩子坐稳了，她们一路向前。没走几步，孩子便在奶奶背上欢呼跳跃。

一旁的邻居见了，大声笑道："璐璐奶，你这小孙女好调皮呀！"

"我家小孙女呀，可厉害了！别的孩子都打不过她！"奶奶得意地回答。

小孙女只顾在奶奶背上玩耍，却不知奶奶已经筋疲力尽，晚上翻来覆去，好久都没睡着。

小孙女一天天长大，奶奶却一天天苍老。

那一日，我带着女儿和婆婆，在县中院子里的草坪上玩耍。忽然，女儿踮起脚尖，叫道："奶奶，你看，我快赶上你高啦！"

我寻声望过去。夕阳西下，微霞满天，草坪一角的女儿，亭亭如一棵小树苗，她身旁的那个老人，腰更弯了，风儿轻轻吹起了她的白发，飘忽而凌乱，她的手，只能下意识地背在身后……

我怔怔地看着，心里默默念道：生命，生命！

（五）晚 年

两层楼的洋房。南面是三间过道，过道与洋房之间，是一个方方正正的大院子，院子西边是红砖砌成的花坛。春日里，月季一<u>丛</u>丛绽放，有的一枝茎上举着两三朵花，火红的、浅粉的、鹅黄的，挨在一起，形成一小片花海。初夏时节，栀子花从翠绿的叶子里探出头来，那是凝脂般的白色，散发着沁人心脾的芬芳。我会凝视那白色的花瓣出神，感觉日子也可以过得如此洁白，如此芬芳。

这房子是先生的哥嫂选中的，买下后把乡下的公婆接到城里来住。公婆搬来时，不忘把乡下一株樱桃树带来，移栽到花坛西面的墙角，谁知几年后，这株樱桃婆婆成荫，俨然成了花坛的主角。

房子有了老人的入住，顿觉温馨而祥和，我便有了两个老家。

那时公婆虽然身体尚好，但我们几家还是轮流去陪护老人。

下班后，我买好菜直奔老家，来到院子中，闻着栀子花的芳香，看着端坐沙发前看电视的老人，浮躁的心顿时安静下来，一天的疲劳随即消散了。

我把葡萄洗净，放入盘内，端到茶几上，又把菜逐一放下，坐在小凳上，边理菜边和公公婆婆唠嗑。不一会儿，老公带着女儿也到了，女儿从自行车上敏捷跳下，奔过去挤到奶奶身边，只见她搂着奶奶的脖颈，贴着奶奶的脸，亲热好一阵子后，才从奶奶身上跳下来，她轻车熟路地走到奶奶床头的五斗柜边，打开柜门，大京果、桃酥、饼干，整整齐齐地码在柜子里，女儿挑出几样抓在手里，又回到奶奶身边，牵着奶奶的手到院子里玩耍了。

我烧好小米粥，炖了牛肉土豆，做了老人爱吃的红烧鲫鱼，可总感觉和当年的鲫鱼锅贴味道不一样，老公到门口买来刚出锅的烧饼。开饭了，我们围坐在一起吃饭，公公看着我们，爱怜地说："你们上班忙，不用天天过来了吧？"

女儿大声喊道，"不，不，我要天天过来，跟奶奶玩儿。"

我说："陪着你们，我们真的很开心呐。"

这样平静祥和的日子过了好些年。

后来我们搬到了南京。我魂牵梦萦的，仍是那两层楼的洋房，那生气盎然的大院子，那沙发上端坐着的两位老人。

我们回老家的那几日，成了全家人欢聚的大好时光，孩子们全都聚拢来了，装点心的五斗柜是他们最先光顾的地方。沙发边的西瓜一个挨一个，从未缺过。西屋地上，一盒盒的保健品有些还没拆包。奶奶如数家珍："这是崔庄大爷儿子送来的，那是三姑让孙子来看我们的……"当年公婆在农村性情和善，为人厚道，村邻记得他们的好，每逢进城，都要带些礼品过来探望，东西也就越聚越多了。我打趣地说："妈，你可以开个小店啦！"

晚餐时齐聚一堂，桌前，坐着慈祥的爷爷奶奶，看着一桌团聚的儿女，那种天伦之乐，应该是晚年最幸福的时光吧。

……

花开花谢，樱桃树依旧繁茂，孩子小时候骑的自行车还放在墙角。但那个夏天，常坐在藤椅上晒太阳的公公不在了。公公离去的那几日，婆婆呆坐在床上，几日不吃不喝，不声不响，是兄弟姐妹的细心陪伴，百般劝慰，她又拄着拐杖，坚强地站了起来。

老公比平时回家更勤了，他越来越放不下年迈的母亲。

……

那日，我和老公带着一对儿女归来，踏进家门，一眼看见那空的藤椅，睹物思人，不觉怅然。屋内，沙发上已无人，婆婆因腿脚不方便，已卧倒床，由小姑陪在身旁。

我们来到床前，个头和我一样高的小明，腼腆地站在奶奶身旁，我坐下来来搂着老人。她把手伸出来，那手硬而粗糙，却依旧是温暖的，我数着她腕上粗粗细细的镯子，有她年轻时一直佩戴的，也有我去云南买给她的。此时，我是个大人，而她，更像一个乖巧的孩子。

我伏在她的耳边，指着小明，笑道："妈，还认识吗？"

"那是我孙子！是去城里念书的小明。"

"妈，你记性真好！小明小时候那么调皮，现在长大了，害羞了。"

老人扬起脸端详着小明，伸出手，小明蹲下来让奶奶抚摸他的脸。

老人想起了什么，摸着拐杖还要下来，我搀着她颤巍巍地站起，挪到床边，伸手去打开床头柜，一袋袋、一盒盒点心，还是整整齐齐地放着，她挑出几个，塞到小明手中："拿着，小明，奶奶留给你的。"

我们要回南京了，我搂着老人，看着她的眼睛，伏在她的耳边，轻声说道，"妈，你在家要听话哦，等着我，过年的时候我再来看你。"

她听了这话，低头揉了揉眼睛，点点头，说道："嗯！"

她执意要送我们（每次都送），由两个姑姑架着，一步一步向前挪动，把我们送到大门外。

我几次让她停下，我们顺着巷子向大路走去，走到巷子尽头，猛一回头，却见她依然站在原地。那么瘦小，那么虚弱，飘飘忽忽，像风中的蜡烛。

隔着长长的巷子，我的泪夺眶而出……

......

2017 年 5 月 14 日，我的婆婆，在满屋子女的相送中，于家中安然离去，享年 93 岁。这一日是母亲节。

窗外杨絮如雪般飞舞。

第三辑

人间的行者

红尘中的你我，如纤尘般渺小，但我深情地爱着这个世界，我努力地行走着，思考着，感悟着……

欧游杂记（一）

——小镇漫步

从大巴车上下来，步入干净的青砖小径，欧洲小镇浓郁的气息扑面而来。这是法国北部阿尔萨斯州的小镇，名叫科尔马。

一条运河，静静地流淌在小镇中央，运河两岸，是由木材搭建的多面形建筑。这些建筑大多是十七、十八世纪的，线条清晰，造型各异，漂亮精致。彩色的木筋与百叶窗外的鲜花相映成趣，绚烂多彩，构成一幅长卷的立体画面。那木屋，那窗格，那尖顶，让我想到了儿时读过的童话，那些远离喧嚣的美丽的梦幻般的童话。

中国的小桥流水人家，是写意的，清雅；欧洲的运河、木屋、鲜花，是写实的，浓郁。

光与影投射在小河里，河面波光潋滟。我站在桥上，望着那悠悠河水，数着河底柔顺的水藻。见到一群天鹅缓缓游来，几乎是呈一字形的，首尾是两只洁白的大天鹅，长长的脖子，优雅的身姿，中间是几只身型小些的灰色小天鹅，它们游过桥洞，朝水上红色棚顶的露天酒吧游去。酒吧里的人们正悠闲地品着咖啡，看见天鹅，两位老人站起身来，向天鹅举起了相机。

恰在此时，一只两头翘起的贡多拉船，划着水波缓缓驶来，年轻的船夫手持竹篙，站在船中央。那只最大的天鹅，瞥见船头有几块碎面包，便伸长脖子游过来，把其中一片吞入口中，动作优雅如常。船夫看见天鹅，便蹲下身来，随手把剩下的面包递过去，一只灰色的小天鹅，把头伸进船夫手中，慢慢享用着美食。吃完后，大天鹅招呼着孩子，它们一家又向前游去。一如以前，父母一前一后，护卫着儿女。

我目不转睛地盯着天鹅一家，直到它们没入两岸的鲜花丛中，另有几只水鸟游来，我才缓过神来。游客、船夫、天鹅，多么温馨而和谐的画面，多么惬意而不矫情的生活。在欧洲，人与自然，人与万物，就是这么和谐共生的吧。

走过石桥，顺着小径往前，浏览着两边零星开张的店铺，路尽头有一株枝繁叶茂，如伞般撑开的大树，树下繁花似锦，带着露珠的清新空气沁人心脾。顺路左转，我们步入早市区，眼前有超市，有露天菜场，五颜六色的瓜果蔬菜整齐地摆放在木格里，来逛早市的大多是老年市民，人虽多，却轻声细语，秩序井然。

我想买水果，便把小明推上前，由他去交流。但是，从摊主的表情中我能看出来，她似乎不懂英语，但她热情周到，我们如愿买到了想要的果蔬。车厘子粒粒饱满，鲜艳欲滴，五欧元买了一大袋，放入口中，又酸又甜，还带着一种清香。

继续逛超市，买面包、烤肠、牛奶。

我们往回走。迎面，一个金发碧眼的小男孩儿骑车闪过，我忽然想起了《最后一课》里的小弗郎士，又想起了普法战争中，阿尔萨斯是割让给德国的。史称，这儿因为风景太美，太过宁静，舒适，以至于侵略者都不忍践踏。几个世纪以来，这座小镇，这座带着浓浓混血气息的小镇，以他特有的魅力，默默向世人展示着童话般的美好世界。

就这样，我们步行在青砖铺就的小道上，任时光缓缓流去……看看时间已不早，我们回到停车的路边，回望运河，又与天鹅一家相遇。

上车了，我凝望窗外的天空，望着天幕，默默地道一声：再见，科尔马！

欧游杂记（二）

——翡冷翠一瞥

我更愿意称佛罗伦萨为翡冷翠，多么富有诗意的名字，那是现代著名诗人徐志摩所译。这个译名既浪漫，又符合古城的气质。意大利语的直译为"百花之城"，市花及标志是一朵紫色的百合。

它是世界艺术之都，欧洲文化中心，欧洲文艺复兴运动的发祥地，是欧洲大地最璀璨的一颗明珠！这儿诞生了达芬奇、但丁、伽利略、拉斐尔、米开朗基罗、多纳泰罗、乔托、提香、薄伽丘等众多名人，众多卓越的艺术家，创造了大量闪耀着文艺复兴时代光芒的建筑雕塑和绘画作品。

时隔数年，我又一次来到这里。

刚一下车，古城浓郁的艺术气息扑面而来。中世纪的城墙，让时光在这里放缓了脚步。

随着导游，穿过古老宁静的街巷，我们先去大教堂广场，瞻仰圣母百花大教堂。这是世界第三大教堂，外观用粉红色、绿色和奶油白三色的大理石砌成，中央巨大的圆顶花了 14 年的时间才建成。这座教堂的建设前后共花了 150 多年的时间，历经了好几代人的心血才完成。

这次，我们只是远观，并没有进去。我伫立凝视，蓝天下的圣母百花大教堂，高贵典雅，卓尔不群。它是大理石的诗歌，是色彩的舞蹈，是天使留给人间的最美的礼物！

接着我们到不远处的米开朗基罗广场。这里是一片露天的雕塑博物馆，远远地，我看见了巍峨的海神喷泉。水池正中海马拉的双轮战车上立着巨大的白色海神波塞冬像，水池四周边则是多姿多彩的青铜雕像，缭绕的喷雾让广场凉爽了许多。

不远处是大卫雕像的复制品（佛罗伦萨市政府从保护雕塑的角度出发，将真品移进了佛罗伦萨美术学院）。大卫是圣经故事中的经典人物，从小容貌俊美，机智勇敢。当非列士部族侵犯他的家乡，以色列城池受到严重威胁时，牧童出身的大卫挺身而出，用放牧时打死过狮子和熊的投石机把非列士的头领歌利亚杀死。大卫以他的赫赫战功，受到人民的拥戴，成了以色列最年轻的军事统帅。之前的艺术家雕刻的大卫多表现他割下歌利亚的头，取得胜利的情景。但米开朗基罗的雕像描绘了战斗之前的大卫。雕像面色坚毅，头部左转，颈部的筋凸起，似乎正在准备战斗；他的上唇和鼻子附近的肌肉紧绷，眼睛全神贯注地望着远方；静脉从他下垂的右手上凸起，但他的身体却是放松的姿态，重量都放在右腿上，右手拿石头，左手前曲，将机弦搭在左肩上。他面色的紧张和姿态的放松形成了强烈的对比。说明他刚做出战斗的决定，却还未踏上战场。

还有那充满传奇色彩的蛇发女妖美杜莎被杀的雕像。在这座雕像前，我久久伫立。美杜莎是希腊神话中的人物，雅典娜把她变成了可怕的蛇发女妖，让任何看到她眼睛的男人都会立即变成石头。宙斯之子珀耳修斯知道了这个秘密后，他准备好武器，背过脸去用闪亮的盾牌做镜子，引出美杜莎。在他转身的那个瞬间，在雅典娜和赫尔墨斯的帮助下与他们一起将美杜莎杀死，他把美杜莎的头高高举起，这尊雕像栩栩如生地表现了帕尔修斯手举头颅，脚踏尸身的这一瞬间。美杜莎头颅下似有汩汩鲜血涌出。比起大卫雕像，这尊更令我震撼！

看着一尊尊逼真精美的雕像，听着一个个神奇的故事，我的思绪也飞向了那远古时代。

我们也有盘古开天辟地，也有夸父逐日，也有共工怒触不周山等传说……那些，只是存在脑海中的想象。而眼前，我却仿佛目睹了这一幕幕古希腊神话传说中的场景！

西方艺术与东方艺术，是多么的不同啊！

只可惜，我们在佛罗伦萨待了两个小时，就启程离开。

蜻蜓点水，浮光掠影！

欧游杂记（三）

——意大利乡村

旅游大巴在地中海伞松的护送下驰离了罗马。在我脑海中萦绕的还是斗兽场、凯旋门、方尖塔，还是那两千年前的废墟……

然而时空已转，眼前已是满目青葱。视野越来越开阔，远方，青山如画，连绵起伏；天空，蓝天白云，辽阔无边。巨大的风车，如顶天立地的巨人。我出神地望着窗外，那雄浑壮阔的景色又一次震撼了我。

大巴车在高速路上平稳前行，司机是一位60多岁的波兰人，性格和蔼，技术高超。途中下起了大雨，烟雨迷蒙中，景色更美。黄昏时，雨停了，我们到达意大利北部乡间一处历史悠久的酒店。

刚把行李放入房间，我们就迫不及待地走出酒店。

雨后，带着雾霭的空气沁人心脾，那空气中混合着青草的味道，薄荷的清新，还有泥土的芬芳。小河的水汩汩流淌，柔长的水草顺着水流轻轻浮动，我看到了水草下游动的鱼儿。乡村房屋在绿树的掩映下愈发安静，安静得只听得见鸟鸣。这里与法国小镇相比，虽然失去了艳丽的色彩，却别有一番古朴典雅与率性。

我们就这样惬意而随性地向前走着，我发现，每一家的建筑与院落都各具风格，房屋大多是木质结构。论花园面积，每家大概都五六百平方米，甚至更大。院落外围的篱笆都只有半人高，有铁艺的，有植物围城的。石楠、火棘、冬青、常春藤都可以作为围栏，整齐美观，精致大方。因为院墙不高，院内的景致尽收眼底。有的院内有古朴的大树。有的挺拔高耸，有的亭亭如盖，树下都是茵茵的草坪，那古树应该有100多年的历史了吧。

他们的庭院大多有好几个区域：儿童游乐场、大人休闲区、水景区、花卉区、果蔬园艺区……花卉区内，木本草本的花儿错落有致，还有造型各异的盆景。月季、天竺葵、金鸡菊、凌霄，竞相绽放；龙舌兰、榕树、枫树等盆景点缀其间。儿童游乐场里，滑梯、木马、沙滩玩具，一应俱全；大人休闲区域，阳伞、木凳、摇椅、茶几，营造了一个惬意舒适的空间。还有几户人家院墙角落，整整齐齐堆放着劈好的木柴。楼房阳台的百叶窗上都有鲜花垂下，使古朴的楼房平添了生机。

"汪汪""汪汪"，几声犬吠，打破了宁静，我举头望去，原来，二楼阳台上一只小狗在冲我们叫。阳台藤椅上，坐着两位衣着考究的老妇人，她们在低声聊天，见到了我们，立刻喝住小狗，她们站起身来，热情地向我们打招呼，我们也挥手致意。我感觉有些不好意思，是我们的到来，打扰了她们宁静的生活了吧？

我们依旧慢慢地边走边欣赏。

晚餐时间到了，我们来到酒店不远处一家餐馆，要了披萨薯条意面等当地美食。这家餐馆不大，却精致整洁，我们在靠墙的一张餐桌上坐下。坐在我对面长条形餐桌上的，是几位六七十岁的老人，他们衣着考究，温文尔雅，我看着他们在低声交谈，时而微笑，时而举杯。他们的气质风范，是那种岁月沉淀出的从容与雅致。那微笑，那皱纹，都让我感觉特别亲切，我不知道他们谈话的内容，我只是坐在他们对面，安静地欣赏。

餐厅服务生穿梭于各个座位之间，忙碌，却井井有条，没有喧哗，没有争吵，整个餐厅弥漫着一种温馨安详的氛围。

天色渐渐暗了下来，我们离开餐馆，前往酒店。途中又闻到了那香气，我忽然想起了"朝饮木兰之坠露兮，夕餐秋菊之落英"。那不是屈原的诗句吗？

谢谢！意大利乡村。

你的静谧，你的温馨，你的惬意，如一幅灵魂的补剂，让久处喧嚣中的我得到了莫大的滋养。

童师傅

童师傅是我们小区的清洁工。

他60多岁了，黑黑瘦瘦的，额头上爬满了皱纹，身上总穿着一身宽大的迷彩服，上衣塞进裤子里，显得很精干。见了小区的邻居，他会热情地打招呼。一来二去，大家都熟悉他了。

平日里，我在厨房做饭，向窗外望去，常见他骑着三轮车，穿梭于各个单元的楼梯口。他要把垃圾桶里的垃圾倒入车内，再运到小区的堆放点。他车子不大，所以他每日要往返小区好多趟，每次他都把垃圾桶摆放得整整齐齐。

我们小区的中心花园有一个大广场，广场后面有一池碧水。水边的垂柳、翠竹、梅花、迎春花，还有一个飞檐斗拱的凉亭，形成了小区独特的风景。水上有曲折的回廊，水下有悠闲的锦鲤。水面清澈，微波荡漾，这要归功于勤劳的童师傅。我常见他穿着过膝的水靴，用竹竿做成网在水里打捞水草杂物，把这片水域养护得生意盎然。

有时候我下班的早，走到水景旁，童师傅会热情地和我打招呼："郭老师，下班早啊，买菜回家啦？"我会停下来和他寒暄几句。

有一个周末，我家江北的院子要栽一些绿植，老公正想请一个师傅前去帮忙，恰好看到了童师傅。老公试探着问了一句，童师傅爽快地答应了。我们开车同去，三人一起，很快就把院子的绿植栽完了。我要付几百元的费用给童师傅，可童师傅连连摆手："郭老师，你太见外了，绝对不行，绝对不行！"我心中着实过意不去。

那天晚上，我们请童师傅吃饭，得知童师傅是安徽人，少年时，家中很苦，后来跟着做物业的亲戚来南京打工，多少年了，至今仍孤身一人。我听后心中一阵酸楚。童师傅说平日里爱喝点小酒解乏，我立刻从家中拿了几瓶酒，又多点了几个菜让他打包带回去。

一日，我打开门，发现门口有捆得整整齐齐的竹竿，我正纳闷呢，一看，童师傅正在楼下。童师傅见到我，说道："郭老师，我收拾小区杂物的时候，发现这些东西你家院子能用上，我就把它捆好送来，以后你带过去吧。刚刚怕打扰你，就没敲门。"哎呀，童师傅好细心啊。

我们和童师傅的关系比别人要亲近些。看到他我常送两瓶酒过去。

一日下雨，我和老公在地下车库散步，我远远地看到童师傅正提着一大捆纸盒，走向通往地下室的楼道。我顺着他的背影望去，发现地下室那间屋子竟是他的家，只能摆放一张床和两张桌椅吧。我怔了一下：我竟然没有想过他住在这里！但转念又想：他不住在这里又能住在哪里呢？我没有上前和他打招呼，和老公默默地走开了。

老公说："家里有不用的废旧书报纸盒等，你就放到童师傅这儿吧。"我点点头。

以后，依然和往常一样见到童师傅，看到他忙碌的身影。

可是，不知从何时起，童师傅突然不见了。楼梯口的垃圾桶也没有当初那么干净整洁了，我想，童师傅去哪里了呢？有一天在过道里见到另一位师傅，一打听才知道，童师傅生病好久了，已经回家调养了。我想，是啊，农村的老家比城里要舒适些吧？城里高楼林立却不是他的家，城里看似繁华却又是冷清的。

从此，我在厨房忙碌时，总望向窗外，寻找那个熟悉的身影。

窗外，阳光明媚，春风浩荡；池边，老人坐在石梯上闲聊，小宠卧在他们脚下休息；水面，清风徐来，波光潋滟；远处，绿柳如烟，梅花点点。景色依旧美丽，小区依旧安然。

然而此时，我心中却涌起一种莫名的惆怅。

童师傅，你身体好些了吗，你还回来吗？

二　叔

　　我的公婆是苏北乡下地道的农民。公公在自家排行老大，家中有兄弟三人，老三当过兵，转业后去县城当上了水利局的书记，老大、老二相貌酷似，都居住在同一个村庄里。

　　二叔念过私塾，写得一手好字，村上聚会时都是二叔给大家念《圣经》，可是村上人说他头脑迂，白念那么多年书了，既没做官也没经商，连干庄户活计都不如人。二叔老两口一辈子无儿无女，是五保户，原先住的是草房，后来家家盖上瓦房后，三叔和公公出资帮二叔家盖上了新房子。

　　暑假里，我们去乡下小住，午饭后我和老公提着点心去二叔家。我们走过一段羊肠小路，从二叔家后墙绕进大门，二叔家没有院子，门前只有一座石磨，磨盘上卧着一只大花猫。它见有人，便"喵呜"叫了一声回房间去了。二叔二婶在屋里坐着，见我们来了，亲热地边打招呼边让我们进屋里。我踏进门槛，屋内有些暗，我见环堵萧然，一床，一桌，两条板凳，床前有一个大箱子，上面挂着锁。屋中间竹席围起一个粮囤，桌边有一个隔板，堆着许多东西，碗盏、茶壶、罐头等；墙边靠屋梁拉起有一条钢丝绳，一头挂着几件衣服，一头挂着几只竹篮；我看见墙上贴着基督图画，身披金光的耶稣让房间亮了许多，另一面墙上贴着一排挂历，全是猫的画像，足有十几张。墙上的猫儿或卧或立，形态各异，煞是可爱。我笑道："二叔，你家的猫儿的真好看。""那当然，我就喜欢猫，以后，你给我挂历都要有猫的。"说着，二叔指着地上的那只花猫说："这猫跟我十几年了，从不乱跑"。

　　我们把带来的糕点放到桌上，二叔伸手从绳子上取下一只竹篮，竹篮里有一只食品袋，袋里装着花生，他把袋子打开，抓一把花生请我吃，说："二叔家没什么好东西，这花生是我自己种的，炒熟了，你拿着吃吧。"我接过花生，一粒粒白白净净的，丝毫没有炒过的痕迹。这时二婶说："走，我们到门口摘几根黄瓜去，还有一棵南瓜也长大了，你带回家去。"

老公拿出 100 元钱给二叔，二叔说道："不缺的，每月都有村上来人，送钱送东西给我们。"推搡了半天才收下。

从二叔家出来，我心里有些酸酸的，我问老公，你们家兄弟姐妹七人，怎么没有一个过继给二叔呢，老公只顾向前走，不应声。

就这样，我们对乡下的牵挂除了公婆，还有二叔、二婶，逢年过节我们会专程看望两位老人。

我生孩子时，他们特意搭车从乡下赶来，送了一篮鸡蛋和 10 元钱。

再后来公婆又也搬到县城居住了，二叔二婶却依然住在乡下。

二叔二婶是虔诚的基督教徒，每日跪在神的面前祷告。

有一回二婶从村外回来，不知怎么的，就发烧了，嘴里竟胡说些别人听不懂的话，再后来连亲戚和乡邻也叫不出名字来了，之前的事大都忘却了。有人说她精神受刺激了。我们焦急万分，带着她四处求医却未见好转。

好在平日有二叔相伴，二叔成了她的依靠。一年之后，二婶的病情稍好了一些，但是精神却大不如从前了。我们心中又是揪心又是无奈，因为我们不能天天回去看望他们啊，便拜托乡邻多关照些。

这样的日子又过了几年。

有一年的初春，二叔起了个大早，他特意包上几件干净的新衣服，说要去镇上洗个澡，理个发。唯独那一日他没有带上二婶。临走时，他说："老伴，你自己在家要好好的，我先走了。"

他独自上路了，到了镇上后他洗过头理过发，把自己打理得干干净净，换上了新的衣服，轻轻松松地走在回家的路上。邻近村庄时，他见迎面过来一辆大车，路上掀起阵阵尘土，一向爱干净的二叔发现自己是在下风口，为了避风尘，他不假思索地跑到路对面……驾车的是位年轻的小伙子，待司机反应过来时，二叔已被撞倒在车前，身上依然是整洁干净的。

就这样，二叔别了二婶，别了人间。最终司机赔付他 3 万元钱。

这一切来得如此突然而蹊跷。

二叔一生清贫，无子无女无积蓄，他唯一放心不下的，是他的老伴，他用这样特殊的方式与老伴分手，是上天的安排吗？

出殡那日，我们和小叔家的姐弟全部到场。老人家一生与人为善，乡邻们全都前去送殡。

在送老人去墓地的路上，晴空骤暗，纷纷扬扬的雪花从天而降，送葬的队伍停了下来，不久，大地一片洁白。

那一声吼

学校还在玉泉路的时候，我常会在上完课的大课间，到学校周边的几条巷子里散散步。校园太小，操场是孩子们的天地，我们没有散步的空间。

玉泉路周围有许多民国建筑，巷子虽小却很别致。

上班时间，我不能走远，只到北边的天目路上去。我走过去，一则买点零食点心，顺便擦擦鞋；二则路边有一户修车人家，那家的老人爱看京戏，那声音与校园氛围截然不同，别样的韵味，我听了也是一种享受。

每次路过他家门口，准会看见他半躺在藤椅上，有滋有味地看着京戏。《铡美案》是最受他欢迎的，一来二去，连我也会哼几句了。

我会坐在他家隔壁的"亮足行"，边擦鞋边看电视。

包公的戏中，我有一个有趣的发现——

原来这包公动不动就把桌子一拍，大喝一声：

"来人啊！"

说来神奇无比，只这一声吼，连名字也不必指出，该来的那个人，像阿拉丁神灯里的仆人般，即刻会全自动现身，从来不会发生该甲来却错来了乙的事。接下来的断案情节，势如破竹。真可谓痛快淋漓！

这样的情形只会在古典戏曲里才会出现的。

生活中的小老百姓呢？

比如，在厨房里，我也会来这么一声：

"来人啊，给我买一瓶料酒来。"

那结果是，儿子肯定听不见，听见了也装听不见。老公呢，正在看电视，半天，会来一句："不要也行吧？"

好在家里有个小亲戚，下楼去给我解了个围。

何止是我，就连《红楼梦》中的贾宝玉都没有这个神力呢。

话说有一日袭人被宝钗请去打结子——古代少女的一种手工活，晴雯麝月几个大丫头也各自寻玩的去了。偏宝玉在房间呆得无聊，要吃茶，一连叫了两三声：

"来人啊！"

根本不见丫头们的影子。半晌，见两个老嬷嬷走了进来，唬得宝玉连连摆手，皱着眉说："罢罢，不用你们了。"

这宝玉，真是个性情中人。

想到此处，我不禁笑出声来。

这便是小说和戏曲的不同了。

所以呢，中国的古典戏曲就是过瘾！

正可谓"顷刻间千秋事业，方寸地万里江山"！

正神往间，低头一看，鞋子早已擦好了。时间也不早了，赶回学校吧。

仍不忘包公那声吼。

地铁记趣

我发现，坐地铁是一件很有趣的事。

下班了，我背着包走向地铁站。时间还早，地铁上并不拥挤。几分钟后，有人下车了，我环顾四周没人，便走向座位，我穿的是下摆不规则的长裙，我把裙角悄悄提起，转身，打算优雅地坐下。忽然，一个四五岁的小胖墩箭一般冲来，不等我避让，他便纵身一跃，稳稳地坐了上去，口中直叫："奶奶，奶奶，快来，这儿有座位！"我欲离去，偏偏我的裙子被小胖压住了，我即刻用力拽，无奈他一动不动，我也一动不能动，就定格在那儿。正尴尬间，胖墩奶奶摇摆着走了过来，替我解了围。当时我面发红，心在跳！我悄悄看四周，才发现自己太多情啦——并没人在乎我。我暗暗吁了一口气，退到门口安全地带站好。

只坐了两站，小胖和奶奶便下了车，我这才安心坐下。

地铁上的座位都是面对面的，起初我有些不自然，时间一长，我便开始享受这保持距离的欣赏了。

年轻人大多沉浸在自己的网络世界里，各自低头看着手机，没有表情也没有声音。

可每每上来了六七十岁的老人，情形就大不相同了。

像今天，随着一阵爽朗的说笑声，四五个老人身姿敏捷地上了地铁。他们头戴遮阳帽，身背旅行包。面色红润，衣着鲜艳，打扮夸张。落座后便旁若无人地聊起天来。

"老王，最近学的那个舞，我还不太熟，你再教教我啊——"

"那有什么难的，明晚去广场，我带你再练练。"

"这次我们几个自由行吧，前几天我就看过线路了。"

"听说离景区不远的县城有一家农家乐，味道特好，我们 AA 制吧。"

"老李，你的药别忘带了。"

……

我饶有兴趣地听着，透过他们不合时宜的浓妆，我想，他们是有过很多经历的吧，一辈子过来，年轻时大约很辛苦吧。如今，是挣脱了工作的束缚，摆脱了生活的压力，释放了郁积已久的能量，到老来无拘无束，潇洒走一回吗？

可是，地铁上大多数都是辛苦的上班族呢。

叔叔阿姨们，照顾一下我们的感受吧。

正胡思乱想间，他们相互呼唤着一同下了车。车上又恢复了安静。

……

啊，经常坐坐地铁，品一品寻常百姓的生活吧。只是我的文笔太浅，描摹不出那生动的画面。

推 拿

家住长阳花园的时候，小区门口有一家推拿店。

店铺的名字叫"康乐盲人推拿馆"。我看着名字就不由走了进去。听闻我的声音，老板娘便摸索着迎了出来。老板娘身材苗条，衣着整洁利落，她扎着蓬松的马尾辫，面色红润。她不戴墨镜，那双眼睛赫然映入我的眼帘，我心头一颤，那是一双凹陷微闭的眼睛，我不知道余光能否看见外面的世界……我正在胡思乱想着，她已经熟练地做好了准备工作。"美女，今天我来为你服务，力度轻重及时告诉我呀。"

她一边为我做推拿，一边和我闲话。她推拿认真而细心，每个穴位都把握得恰到好处。 她告诉我身体有哪些穴位，哪些经络，平日里要如何保健等等。

她声音轻轻柔柔的，听起来特别舒服。我在这么多家推拿店理疗，她给我的感觉是朴实而温馨。她又很健谈，他那在给客人做理疗的老公也不时地插几句话。我看到她老公是戴着墨镜的，心中总有些黯然。

以后，我就是她家的常客了。

我从不问她的过去。她倒是侃侃而谈："人啊，没有过不去的坎儿！我老家河南农村，想当初，一场大病后眼睛就看不见了，四处求医都无果。我哭了好几天，连死的心都有了……后来，也就这么挺过来了。学了推拿，有个饭碗，生活也还好。"

我庆幸她的顽强与执着。

"妈妈，外公接我回来啦！"

稚嫩的童音伴随着一阵银铃般的笑声，一个身着格子校服裙的小姑娘飞了进来，身后的外公背着她的书包。

我定睛地看着那小姑娘，也扎着一个马尾辫，辫子上系着一个鲜艳的粉色蝴蝶结，圆圆的红扑扑的脸蛋，簇新的红领巾挂在胸前。那双眼睛，是多么明亮的一双眼睛啊！忽闪忽闪的，仿佛是天上的星星！照亮所有黑暗的明星！这女儿，这天使，是上天赐予这对盲人夫妇的吗？

"妈妈，今天我的习字，老师给我打了五颗星呢！"

"妈妈，下周我们要春游，我要带好多好吃的！"

"妈妈，我先出去玩儿了。"

小小的推拿馆因着这小天使而欢快轻松。

提起女儿，她脸上满是幸福。

她说，上周刚带女儿出去玩过。获赠了几张券，都送给女儿的同学家长了。

我说："你的女儿真漂亮！"

她说，女儿很懂事，辫子自己扎，吃饭穿衣比我麻利多了，背书啦签字啦都是她外公管的。

她的父亲，这些年来一直在帮她。

我说："你真幸福呢！"

她笑了："是的，知足啦。"

那天，我从她家店铺出来，心情格外舒畅。

以后的每次，我去时总会带给小女孩一份礼物，文具啦，图书啦等。

几年过去了，我早已从长阳搬家了。好久没去康乐推拿店了。

前几天下班早，我想起了她，特意去那条街，想去聊几句，却赫然看见，门面招牌已改，是时尚鲜花店了。

她人呢？

搬到哪里了？

我想，她女儿长大了吧，上中学了吧，她是为了孩子搬到更方便的住所了吗？

无论到哪儿，都一如既往的好吧？

平凡的幸福

平凡的你，平凡的我，过着平凡的生活。

（一）

"妈，电动车钥匙给我吧，我明天骑去上学。"

咦，电动车？

瞧我这记性，若不是小明这句话提醒，我差点把修车这事给忘了。

还是两天前的周五，小明电动车爆胎了，下午我推到十字路口的维修部去修车。当时人比较多，我和老板打了声招呼："老板，我等会来拿车啊，"转身就走了。

两天过去，现在已是周末的晚上了，车子还在吗？

我立刻下楼奔向十字路口，风吹在脸上，刺骨的冷。路上行人稀少，路灯在法桐树的枝干间，闪着微黄的光，冬日的夜晚，沿街的许多商铺已关门。可我一眼便看到了那家电动车维修部，门口摆着一排新车，老板正把车子一辆辆推进门店里。

我欣喜地奔过去，老板也看见我了，"哎呀，美女，你还记得你那辆车呀，我以为你不要了呢！"

"不好意思，那天真忘了。"

"我想你今晚会来拿的，明天周一要骑的，所以我今天迟一会儿关门，恰好你就来了。你的车链条生锈了，刹把也有问题，补胎时我一并修过了。这会儿应该很好骑了。"

"谢谢老板！每天还替我看着车子，一共多少钱呀？"

"十块钱。"老板指着墙上的支付宝二维码说。

什么？补胎，调试刹把，链条上油，一共十块钱？

我付过钱，老板也把最后一辆车推进去了，他正把铝合金门拉下来，上锁。

路灯下，我看见他微驼的背影，心存感激。

（二）

"今晚我不回家吃饭了"，下班时收到了老公的短信。

儿子在学校吃饭，今天下班我不着急走。我在办公室坐了一会儿。此时校园一改白日的喧嚣，异常安静。我批改了一会儿作业，收拾东西离开办公室。

我骑车穿过马路，汇入城市的人流中。快到家时，我想起附近有一家刚开不久的"大亮牛肉汤馆"，老公曾说，这家的千层饼很好吃，我停下车走了进去。

这家牛肉汤馆店面不大，却整洁明亮，老板是一位干净利落的小伙子，他一边招呼客人一边忙碌着，我叫了一碗招牌牛肉汤和一块千层饼。我在门口找个地方坐下，看老板从锅里捞出一把粉丝和干丝放进海碗里，加上配菜，又把切好的牛肉摆在上面，把炉子上正煨着的老卤浇在料上，再撒上蒜苗和香菜，滴入生抽和香油，一碗香喷喷的牛肉汤呈现在我面前。老板把千层饼放在一个黄色的小竹筐里，小竹筐底还垫着一层花边油纸。我端详着那千层饼，最外一层薄如片纸，金黄透亮，下面有数十层，层层分明，色泽鲜艳，清香扑鼻，我咬了一口，酥软油润，脆而不腻，酥而不碎。我美美地点点头，立刻告诉老板："再给我一块千层饼，我打包带回家。""两元一个，五元三个，你再带两块如何？""好咧！"我边吃饼边喝牛肉汤，汤里粉丝滑爽可口，果然正宗！汤足饼饱，吃完喝完，我起身付钱，谢过老板，离开了。

20元，美美地享用了一顿晚餐。

（三）

再过两天就是大年三十了，我在江北的新房里忙得不可开交，偏偏这时候，电视机出现了问题，屏幕不显示了。

老公说："可能是遥控器不是原配的？"

去买了一个万能遥控器，却还是不行。怎么办？马上过年了，维修工人也早放假了吧，情急之中，我拨打了400客服。电话接通了，客服告诉我："春节期间值班人员少，可能要等候一段时间，请你电话保持通畅，会有师傅和你联系的。"

挂了电话，我庆幸客服电话顺利接通，担心的是年底了，今天会有师傅上门吗？我边做家务边焦急地等待，一个上午，没有消息。眼看天色已晚，"嘀铃铃……"悦耳的手机铃声响起，我欣喜地抓过手机，"你好，我是飞利浦售后师傅，现在在江宁，我大约50分钟到你家，家中有人吧？""有的有的，师傅，太麻烦你了！"

50分钟后，师傅如约而至。这是一位50多岁的高而瘦的师傅，穿着蓝色的工作服，身背工具箱，脚蹬运动鞋，一身风尘。我让师傅喝口水，驱驱寒气，休息一会儿。可师傅说："没关系，我们习惯了，抓紧时间检查电视机吧。"

他穿上自带的鞋套，打开工具箱，麻利地打开电视机，很快查出了问题。他换了一个电视保护器，调试好遥控器，电视机立即恢复了正常。他耐心地告诉我故障原因，又说："知道你们这个时候打电话给客服，心里肯定很着急，平日也无所谓，可谁家过年不想看电视呢？所以我今天加个班，从江宁赶过来处理你家的问题，现在都好了，大年放心看电视吧！"

师傅的服务真贴心啊！

我问他价格，他说："修理费50元，电视保护器160元，这是统一价，从江宁到江北超过50公里了，上门费80元。"

我说："春节期间上门费应该多收些吧？"

"不，我们是按标准收费的。这是收据，你收好，以后有什么问题随时打电话给我。"师傅说完话，已经收拾好了工具箱，退到门口，和我道了一声"再见"，便消失在夜色里。

......

写下了这几个片段，我的脑海里又涌现出一幅幅画面：五小摊点为我修鞋的那位老人，双手如松树皮，粗糙干裂；我们小区的清洁工童师傅，总是吃力地蹬着三轮车，穿梭于各个楼道；银城菜场边守着缝纫机的中年女子……

他们，是那么平凡而真实的存在。他们努力着，他们拼搏着，他们认真地工作着，积极生活着……

他们，分布在这个城市的各个岗位，我不知道他们的收入，更不知道他们的居所，我只知道我每月有固定的收入，办公室有空调，一年有近三个月的带薪假期……我的眼睛有些湿润。

恍然想起了一首歌，那是二十几年前电视连续剧《苍生》中的主题曲："花开花谢赞亿万苍生，汗水落地悄无声，换来五谷丰登……放眼万里江山，奉献一片痴情……"

心中不禁涌起一阵暖流。

水景旁

　　我家厨房正对着小区的一池碧水。水边有密密的垂柳，有青青的翠竹，有错落有致的景观石。春日里，金黄的迎春花绽放着笑脸，从石头后面探出头来，一条条，一簇簇，你挨着我，我挤着你，热热闹闹的，一直铺到水边。岸边有几株桃花，远远望去，像一片绯红的轻云。水上有曲折的回廊，水下有锦鲤在悠闲地嬉戏。水景的西北角有一个凉亭，飞檐斗拱，颇有韵味。

　　下班后，我就来到这厨房的窗台前，边做家务边欣赏这景色。

　　看着那碧绿的池水，赏着那微微荡漾的细碎的波光，一天的疲倦荡然无存。

　　靠近楼房的水边是干净整洁的大理石石阶，是人们纳凉聊天的好去处。

　　刚开始，水边的石阶上往往坐着或带孩子、或牵宠物的老人，你一言我一语地唠着嗑。他们看的宝宝，多是抱在怀里的，也有睡在摇篮里的。那些小宠呢，定是安安静静地卧在主人身边，时不时地还会扒着主人的膝盖，与主人亲昵一回……看着这些老人，我恍然觉得，生活原来是可以这么慢节奏的，这么悠悠而缓缓地度过的。

　　渐渐地，水边的广场上热闹了起来。孩子们放学了，书包早已丢在一边。他们三五成群的，有骑儿童自行车的，有手持滑板的，还有脚踏轮滑鞋的，他们身手敏捷地在陆续下班的大人们之间穿梭，伴着一路狂欢。再小些的孩子，手里没这些道具，他们就手拉手，围成一圈，跑着，跳着。还有的一个牵着一个的衣襟，排成纵队，留下一个站在他们对面，那是在做老鹰捉小鸡的游戏。多么熟悉的画面啊！曾经，我不也和他们一样，奔跑着玩耍着吗？一晃，几十年就这么过去了。

　　在这些孩子们中，总会有双胞胎闪亮登场。据我目测，最大的一对大概十几岁了，鲜艳亮丽的衣着，天仙般的一对美少女，每次都是爸爸做护花使者。

爸爸舞拳，女儿跳绳，游戏，捉迷藏。日复一日，从不间断……还有一对大概两三岁的样子，走路还有些蹒跚，却总爱往人群里钻，爷爷奶奶紧随其后，跑得不亦乐乎。我们小区真好，不然怎么有这么多的双胞胎呢？看，特制的双拼婴儿车里又来了一对，双奶瓶，双玩具。哈哈哈，到底有多少对双胞胎呢，我都没数清过。

晚霞渐渐淡去，天色渐渐暗了下来，水边的喧嚣也平静了下来。大家都回去吃晚饭了吧，水面又恢复了宁静。

老公知道我会呆一会儿，他早已把饭做好，儿子也放学回来了。

我们也吃完饭了。

我知道，待到华灯齐放时，晚练的老人们将要闪亮登场了。

那时的小区，又会是另一番热闹的场景啦！

邻里之间

"妈，这院子里是啥味道呀？"小明来到阳台，皱着眉，一脸夸张的表情。

他这一句话提醒了我。原来，老公昨天在院子里翻地，把去年沤的菜籽饼肥施到了地里。当时并没有多大异味，我也没在意。谁知今日艳阳高照，气温上升，那酸臭的味儿就飘上来了。

这可怎么办？我家邻居小郭是个讲究生活品质的大美女呀。

小郭住在102室，和我同姓，见了面她亲切地唤我姐姐，我们会聊个不停，我爱她清新恬静、人淡如菊的气质。她的院子里草坪铺地，几块踏脚石随意摆在中间，靠近阳台是干净的防腐木地板，上面摆放铸铝圆桌椅，增添了小院典雅的氛围，院子四周全是花境，玫瑰、瑞香、迎春、腊梅、绣球、矾根、蔷薇、忍冬……生意盎然，充满野趣，看似随意生长，实则别具一番匠心，恰如她率性的艺术气质。我家的好多花都是从她的院子里移来的。她施的肥全是处理好的无异味的缓释肥。她曾说过，绝不买有味道的肥料。她若是闻到了这股酸臭味儿，肯定很有意见的呀。

我正想着，老公也来到了阳台上。我嗅嗅鼻子，朝他使了个眼色，他立刻明白了。

"我先去趟菜场。"他戴上口罩出了门。

不久老公回来了。只见他一手提着菜，一手捧着两簇粉红色的百合。

"呦，今天怎么这么浪漫呀？"我笑着问道。

"这花呀，一半留给你，另一半送给隔壁的小郭吧。"看来老公真是个细心的人呀。

我接过百合，沉甸甸湿漉漉的，花苞还待放，浓郁的香味已扑鼻而来。我调好包装袋，把百合调至最佳形状，便兴冲冲地往小郭家里走去。

"小郭，不好意思，昨天院子里有点儿味道，送给你一把百合，你在家中好好享受这浪漫的芬芳吧！"

"哎呀，哪里哪里，这么客气，谢谢姐姐啦！"接过百合，小郭脸上绽放两朵红云。

从小郭家出来，我顺着红砖砌成的甬道，走到西边的清水平台，隔河欣赏对面小尹家的错层花园。

她家的花园依水而建，错落有致，层次井然，总共四层，最上层是花园，茶花、石竹、麦冬、角堇，中间种植几颗果树，盛开的桃树，如云似霞。还有金桔树、柿子树，下面几层全是菜地，有芹菜、韭菜、香菜、生菜，郁郁葱葱。

小尹是种菜的行家。去年她给了我几棵水果黄瓜苗，让我吃了一个夏天的黄瓜。此刻她正在给菜浇水，我看她抬起头，便大声地和她打招呼："小尹，你的花儿艳，你的菜儿绿，你是个勤劳的小蜜蜂！"

"姐姐好，侍弄这些菜还真的要费功夫啦。你等一下，我拔几棵芹菜和蒜苗给你。"

"哎呀，不用不用啦……"

我正客气呢，只见小尹已抱着一大捧菜，沿着独木桥身姿敏捷地走了过来。她把菜放到我院子的桌子上，我们一起走向假山，赏一会儿鱼，又夸夸我的花，其实我的院子远没有她的精致。

"姐，我看你家基本上是花。我种的菜多，你想吃哪种随时到我家园子里去采好了。"

"这怎么好意思呢？"

"都是邻居，可不要这么见外，我还正想问姐要爬山虎的苗呢。去年你的爬山虎真漂亮。"

"好啊，我院子里的还没有返青，我到网上买几株苗给你先栽上吧。"

我们就这样聊一会儿天，又到家中玩了一会儿，小尹才离开。

接下来的几天早晨，打开院门，便会看见带着露水的蔬菜。青翠的叶子是那么轻灵，那么美好。

……

久居城市，在水泥深林中，在人与人日渐疏远的现在，能有这样一处住宅，让你卸去沉重的盔甲，享受这如同乡村的院落，享受这邻里之间的情谊，享受这人与人之间那返璞归真的淳朴。

足矣。

马林广场

难得工作日的早晨不赶时间，我一大早从家中出发，先骑车，后乘地铁，前往鼓楼医院，直奔门诊挂号。鼓楼医院设施相当先进，大厅高雅气派，座椅宽敞整洁，绿植郁郁葱葱。早有志愿者站立在扶梯旁做引导，我如愿以偿地挂到了专家号，心中舒了一口气，看看时间，还不到八点，便放缓脚步，打算在鼓楼医院逛逛。

从门诊大厅出来，沿着两旁是鲜花的甬道向北走，猛一抬头，赫然映入眼帘的是一座典雅古朴的民国建筑，和周围现代化建筑迥乎不同。这是一座两层高的小楼，静立于草坪上。淡灰色的砖墙，褐色的拱门，古朴考究的门窗。在四周葱郁绿树的掩映下，显得那么安详，像一位历经时代沧桑的老者，不，更确切地说，像一位端庄的智者。

这是怎样的一座建筑？我怀着好奇心走进细看，楼前有一块半人高的石碑，斑驳不平的外表显示它年代已久，上面依稀可辨"1892"的字样，下方是"马林医院旧址"。我绕到碑身后面细读碑文，方知加拿大人马林是这座医院的创始者。1884 年，马林受美国基督教会派遣来到中国南京。1892 年在此创建了马林医院，任前任院长。这是南京历史上第一座西式医院。后经战火洗礼，一度被日军强占，日本投降后被教会收回。建国后更名为鼓楼医院。

一个多世纪前，这座城市的第一辆救护车是马林医生的马车。我恍然想起了大厅里的一组老照片，其中一幅是马车旁，衣着西装的医生跪在地上，对路边倒下的乞丐实施抢救，那便是传递博爱与仁慈的马林医生啊！那时的大街小巷，一辆马车，一个医生，让多少濒临死亡的得到救赎！

马林医生于 1947 年与世长辞，他把一生的黄金年华奉献给了中国的医学事业。

南京人民为了纪念这位不远万里来到中国，救死扶伤的加拿大友人，特在此设立了马林广场。

我转身朝向马林广场，广场平坦开阔，草坪葱郁，鲜花盛开，溪流潺潺，广场正中是马林的铜像，他的眼睛望向远方。望着那双深邃的眼睛，我想起了特蕾莎修女，想起了南丁格尔，想起了毛泽东的《纪念白求恩》中的话，"一个纯粹的人，一个高尚的人，一个脱离了低级趣味的人，一个有益于人民的人。"是啊，在上世纪，南京历史上最黑暗的年代，我们得到了多少国际友人的援助啊！

瞻仰马林医院旧址，漫步于马林广场。脑海中仍浮现出那浓云密布、战火纷飞的场景……我抬头仰望天空，却是水洗般的湛蓝。

中山北路上人行匆匆，那是早高峰的人群。

历史，现实，瞬间又融合在了一起。

再见了，童年的小画书

因为工作关系，我有更多的机会去逛书城。书架上那琳琅满目的图书任我挑选。那种感觉，仿佛进入百花园中，采撷各种花朵，是极愉悦的精神享受。

中学不需要选购少儿读物，可我总要去四楼瞅一瞅，我要去追寻那童年的记忆。我的童年，是浸润在一个个童话故事里的。是那一本本小画书，打开了我懵懂的世界，描绘了我最初的人生风景，让我领略了自然之美，让我拥有了烂漫美好的时光。

提及童年的小画书，我仍沉浸在幸福的回忆中。

印象最深的还是那本《会摇尾巴的大灰狼》。当初吸引我的，除了惊心动魄的故事，更是那色彩鲜艳、栩栩如生的画面。那活泼可爱的兔姐妹，眼神中透着聪慧与机智，她们在草地上采蘑菇的画面历历在目。画面上白云悠悠，野花朵朵，远方流水潺潺，兔姐妹跳跃在草间，美丽的大耳朵随风飘舞。我翻着画册，仿佛闻到那青草的香气，听到那清脆悦耳的小河流水声，感触到那拂面的清风……那情那景，简直把幼小的我魂都勾了去！

我真要感谢那些艺术家，他们把自己的一颗颗爱心，注入在一笔笔细腻的描绘中。他们用自己的才情与智慧，为孩子们种下了一粒粒真善美的种子，为孩子们打开了一扇扇浪漫之门，引领孩子们领略自然之丰富，人生之美好。

怀着满满的憧憬，我步入了四楼的少儿读物区。一眼扫去，色彩仍是鲜艳夺目的。图书多半是大开本，精装的。我翻开一本，好重啊，每页都是厚厚的硬面，很大的纸页上只有稀疏的一两行文字。那画面呢，是千篇一律、千人一面的卡通画，即使是小动物，看着线条也是生硬的，已没有那种柔软与可爱的感觉了。

到底怎么了？

我满怀憧憬而来，可是，我为什么找不到当初的那种亲切与温暖，那种欣喜与愉悦呢？

　　我呆呆地望着那画面……

　　良久，我回过神来。我知道，如今的画面是电脑制图，那是机械的技术操作。它不是出自艺术家之手，它没有温度，没有人的气息和痕迹，它传递不了只有人与人才能相互沟通，才能心心相印的情感与共鸣啊！

　　我们的艺术家在哪儿呢？我们拿什么去滋润那一颗颗童心呢？

　　那描绘美好，那呼唤童心，那充满睿智的画面呢？它真的只存在于童年的美好记忆中了吗？

思维碎片

（一）

开篇语：中考几日监考，无聊中也获得了极大的思维空间。捡拾些碎片，摘录如下：

关于家长

——没有人教我们如何做家长，我们只是下意识地从我们的父母那里得来一些经验，整理一下再使用。

——每一个做家长的都会尽最大的努力做一个合格的家长，但不一定都会成功。

——孩子的问题是家长自身问题的最直接的投射。

——当我们发现孩子的问题时，请审视我们自身，反思我们多年的症结。做父母的有这个勇气与胆量吗？

——我们身边有多少问题孩子，就有多少执着愚昧却自以为是抑或是的束手无策的家长。

——培养孩子，最重要的是提升他的自我价值。

——聪明的父母教孩子拥有智慧，焦虑的父母只会给孩子灌输知识。

——让孩子拥有智慧，而非仅仅储存知识。

——孩子是个敏感的接收器，你的宽容，你的坦然，你的焦虑，你的压力，他能在第一时间感应到。

——父母不要把自己未实现的愿望强加在孩子身上，这对孩子不公平。

——做父母的不要太焦虑，摆平自己的心态才是最重要的。

——亲子关系不要附加任何条件，更不要让孩子用优秀出色等来换取。

——爱孩子就是接纳孩子。优秀的孩子固然成为父母的骄傲，对有缺点甚至缺陷的孩子全部接纳，这才是对父母的爱的宽度的挑战！

——恨铁不成钢，只能让你永远失去孩子！

——爱孩子，就要像阳光普照万物，雨露滋润大地那样，真诚、率性、自然，而不图回报。

——不图回报的同时已拥有了回报，花朵的绽放，树木的葱郁，小草的青翠，不都是回报吗？

（二）

关于教师

——让学生不跪着读书，老师必须先站起来，拥有独立而完整的人格。

——父母老师，请独具慧眼，黑中找白，多开发孩子的优点，并用你开发出的优点去塑造孩子。

——教给学生知识的同时，更要强调希望他们有智慧。

——教师千万不要以为比学生高明。

——孩子是成人的老师，某种程度上，学生是我们的老师。

——中国的孩子，承受了老师的挑剔，苛刻，指责……这需要多强大的内心啊！老师能承受得了领导的这些非难吗？

（三）

关于自我

——我们不是圣人，不能解决所有的问题，唯一能关照的是我们的内心。

——内心风调雨顺了，便能体会到庄子的物我合一天人合一的境界。

——你心中有郁结已久的困扰吗？问自己有没有能力解决它，若没有能力解决，尝试放下（不去管它），享受放下之后的轻松与释然。

　　——经常审视自己的内心，随时清除垃圾，不要让垃圾堆积太多，更不能让它们形成污染。

　　——扛着问题，需要能力；放下问题，需要胸怀。

　　——当你放得下时，所有的问题已不再是问题。

　　——与其渴求等不到的东西，何不珍惜你已拥有的东西！

　　——看过《苏东坡突围》吗？历经磨难后，一代天才最终成熟了！

　　——感谢磨难，它是生活送给我们包装丑陋不堪的礼物，我们要有足够的勇气与胆识才能把它打开，打开后会是怎样的惊喜！

结束语：

　　亲爱的，清点行囊，放下该放下的，珍惜应珍惜的，抓住该抓住的，继续上路。天上阳光明媚，路上风光旖旎！

关于提升"自我价值"的一些思考

国庆这几日没有随着人流去旅游。独坐窗前，看满眼青葱，任微风拂过，嗅丹桂飘香，顿觉轻松无比。一颗心渐渐沉淀下去，内心竟如此安静。一个问题萦绕在脑海：苍茫大地间，我是谁？自我价值如何？带着这个问题，我回顾自己走过的人生之路，逐渐有了一些思考。现把它梳理出来，应该很有意思的。

我们的生活不妨以 18 岁为界。

18 岁之前，我们的生活不是由自己负责的，更多是由父母和老师负责。恰恰在这个不是由自己负责的年龄，在父母、老师和环境的影响下，形成了我们的性格、行为习惯、能力等各项特征，认知自我价值应是其中最重要的一项。遗憾的是，我们的成长环境是不完美的，甚至是"恶劣"的，虽然这不是父母、老师的初衷，他们的出发点无一不是好的。但是，可能由于历史条件的限制，他们没能掌握科学的合适的方法，或者因为他们太过严厉，或者他们过于苛责……这会导致我们对自我价值的认知偏低，对我们成年以后的学习、工作、生活带来诸多负面影响。

18 岁之前的生活不是由我们决定的，我们只能选择去接纳自己的父母、老师、环境，我们感恩他们的付出。毕竟，是他们含辛茹苦把我们培养大。

但是，18 岁之后，我们应该勇敢地为自己的人生负责了。我们也有机会调整环境对我们的影响了。虽然这个过程很辛苦，它要打破很多旧有的模式，要付出很多努力。但这是有希望的，可以实现的！

不妨从这几步做起。

一、追溯成长历程

回顾童年，我们大多是在老师、父母的要求甚至是批评中长大的，这无形中降低了我们的自我价值。通过指责、批评进行教育的家长，他们一方面会指责批评孩子表现不够好，另一方面，也会责怪孩子不够努力。所有这些，无形中会让孩子认为自己不优秀、不可爱。事实上，这应该是家长教育方式的问题，是他们在教育孩子的过程中控制不住自己的情绪，是他们没有习得更好的教育方式，却让孩子来承担这个责任。这里我没有批评家长的意思，因为他们也是从他们的父母那儿传承下来的一套方法。

认识到这一点太重要了，这可以极大地减少我们对自己的自责，因为很多人带着这种自责生活了很长时间，也因此对自己非常不满意。实际上，这不是他们的错。

还有一种情况，即很多人内化了父母、他人对自己的评价，认为自己真的不优秀，因而丧失了勇气，这同样是错误的。一方面，批评、指责式的父母总是看到孩子身上的缺点与不足，对孩子身上的闪光点视而不见，这样孩子势必没有自信，对自己的评价当然很低。很多事情没有勇气去做，这样就失去了诸多锻炼的机会，长此以往，真的就不优秀了。能意识到这一层更加重要，从心理学角度看，它可以让我们把关注的焦点从外界移到自我认识上来。这是可喜的第一步。

二、改变认知提升自我价值

前面的分析可以帮助我们放下一些自责，卸下部分压力，也可以改变一下对自我的认识与评价，进而走进自己的内在，重新察觉自己。但是，这是一个长期的艰辛的过程，它要打破我们一以贯之的思维方式，从众多的负面关注形式中觉醒。

从现在开始，我们要有意识调整自己的关注方式。当每次想到自己诸多不足时，多去想想自己的优点。如果条件允许，可以写出来，看到自己一个优点，可以要求自己再找两个，甚至多个优点。这个练习看起来很简单，持之以恒地去做，对提升自我价值是非常有帮助的。

三、通过提高能力来提升自我价值

做到了前两步，我们对自己的感觉好一点了，但这些并不能提升我们的能力。要让自己拥有信心，我们还要寻找各种机会实实在在提升自己的能力，让自己在从事各项工作时切切实实心中有底，这样才能真正保证提高自我价值有据可依。

特别要注意的是，伴随了我们若干年的原有的自我价值，会对把握与尝试机会产生巨大的影响。我们原来很多能力没有得到提高，就是因为当时觉得自己不够优秀，所以放弃了尝试与努力，失去了很多学习机会，导致自己最终真的不优秀了。

我们千万不要再次掉进这个恶性循环里。当对自己有没有信心的时候，多思考一些低自我价值认知给自己造成的影响，再承认这些评价并不是客观正确的，从内在再次肯定自己，然后鼓起勇气，忍耐痛苦，坚持去尝试。我想，只要迈出了这一步，再循序渐进，能力会慢慢得到提高的。

四、学会自我接纳

提升能力可以让我们变得自信，这个道理很简单。然而，事实可能会是另一个样子，那就是我们无论如何努力，也不可能在所有方面提升自己。此时，我们要做的是学会自我接纳。接纳自己努力后却无法改变的事实，接纳自己的不完美，甚至接纳自己的无能与无力。

很多时候，我们习惯于掩饰、忽略或者当别人指出不足的时候尽量辩解，这些说明我们还是没有接纳自己。只有承认这一切，承认它们在我们身上存在，才能坦然接纳它们。接纳之后，我们会重新考虑所谓的标准，制定一个更适合自己的标准，不至于再给自己过多的压力与自责。

自我接纳还有一个重要方面，那就是接纳成长与改变的过程之漫长。因为，旧有的模式已根深蒂固地生长在我们的头脑中，改变的过程当然很漫长。此所谓"路漫漫其修远兮"，但必"吾将上下而求索"了。

何为 "逍遥"

——《逍遥游》宗旨探讨

《逍遥游》在《庄子》中居开篇的位置。既阐发了庄子追求自由的人生哲学，又以其宏阔而浪漫的想象、精彩丰富的寓言和夸张铺排的文采，展示了庄子汪洋恣肆的散文风格。《逍遥游》前半部分被选入新编高中语文教材、对课文宗旨的阐释是教学难点，"逍遥" 二字的理解成了课堂上同学们聚焦的中心。

我先启发同学们思考：文中写了诸多寓言故事，其中有多处对比，能指出是哪些对比吗？同学们很快归纳出来了：以抟扶摇直上九万里高空的大鹏，与以数仞之一腾跃为 "飞之至" 的蓬蒿小雀进行对比；以不识晦朔、春秋的朝菌、蟪蛄，与高寿长命的冥灵、大椿、彭祖进行对比；以 "知效一官、行比一乡、德合一君" 等辈，与挣脱了名缰利锁的宋荣子、御风而行的列子进行比较。我继续问："他们相比悬殊，谁达到了 '逍遥' 的境界了呢？"

一石激浪，同学们纷纷议论。

"鲲鹏展翅九万里，令人鼓舞，从它与蓬蒿小雀的对比中可看出，它是逍遥的。"

"'知效一官' 者与斥鴳无异，他们以出类拔萃之佼佼者自居。而宋荣子已经淡漠了功名，看清了内外荣辱的界限，他是逍遥的。至于列子，能御风而行，超然于世，更是逍遥的。"

"大椿以八千岁为春，以八千岁为秋，是逍遥的。"

"以上所举都没有达到逍遥的境界，'乘天地之正，而御六气之辩，以游无穷者'，才算是真正的逍遥游。"

……

我看讨论已入佳境，便趁机阐释："鹏鸟要高飞九万里必须凭借大风，必须有辽阔的天空，它是'有所待'的；列子御风而行，轻妙可观，'此虽免乎行，犹有可待者也'，所以无论鲲鹏、大椿、宋荣子、列子，他们都必须依赖一定的外在条件，都是'有所待'的，都没有实现真正的逍遥游。何为真正的逍遥游？就是'乘天地之正，御六气之辩，以游无穷者'。就是弃绝名利，不图功业，忘却自我，最后达到顺天应物、物我消融的境界。那种无所待而游无穷，才是真正的逍遥游，才是真正的自由境界。"

同学们瞪大了眼睛，随即又讨论开了：

"这种逍遥的境界能实现吗？"

"人活一世，怎能无所待？"

我顺势问："你们怎样看待庄子的'逍遥'境界？"

"这是完全不切实际的空想！"

"这是庄子的理想境界，是超脱现实的精神王国。"

"它表现了庄子作为道家代表人物的哲学主张：无功、无为、无名，这是对黑暗现实的不满与逃避。"

"我不赞成这种逍遥的境界，我们应该有所追求，有所作为，而非那种绝对的超然与自由。"

"庄子展现给我们的是一个永远无法实现的幻想。"

……

同学们的讨论越来越热烈。最后，他们都用期待的目光看着我，我也发表了自己的看法："人是生活在一定的自然环境、物质条件和人际关系中的，是永远也不可能达到逍遥的境界的，所以庄子描述给后人的，不过是一个永远的理想、梦想和幻想。但是，人间的太阳不时被暴君的罪恶所遮蔽，人类的美德经常被横流的物欲所冲刷，庄子的逍遥游，就给了我们一个纯洁的精神家园，让高尚的灵魂在此游玩憩息。确实，世世代代心志高洁的读书人，都曾在这篇弥漫着浪漫气息的美妙文章中，获得过精神享受，重塑过自己的人格，并由此出发，去完成自己自由完美的人生之旅。"

此中有真意

——读《杜鹃枝上杜鹃啼》

再读《杜鹃枝上杜鹃啼》，别有一番韵味。

周瘦鹃是 20 世纪中国现代文学"鸳鸯蝴蝶派"的代表作家之一，其小说《亡国奴日记》《亡国奴家的燕子》《卖国奴日记》等为民国旧派小说"哀情小说"的代表作。他还是早期介绍西方进步文学来中国的作家之一。他编译的《欧美名家短篇小说丛刊》，被鲁迅誉之为"昏夜之微光，鸡群之鸣鹤"。

《杜鹃枝上杜鹃啼》选自《花木丛中》。杜鹃，是我国古代文学作品中经常出现的意象，尤其是作为鸟类的杜鹃，更是人们经常吟咏的对象。李白的《宣城见杜鹃花》中有"蜀国曾闻子归鸟，宣城还见杜鹃花"，这里的子归即是杜鹃；白居易的《琵琶行》中有"其间旦暮闻何物？杜鹃啼血猿哀鸣"，其情景凄苦万状；李商隐的《锦瑟》中有"庄生晓梦迷蝴蝶，望帝春心托杜鹃"，抒写诗人极度的哀怨。秦少游《踏莎行》中有"可堪孤馆闭春寒，杜鹃声里斜阳暮"，意境也颇为清冷。另外还有"从今别却江南路，化作啼鹃带血归""蝴蝶梦中家万里，杜鹃枝上月三更"……

几千年来一代代的文人墨客，已经把杜鹃定位为一种悲鸟，一种悲愁的象征物。当然，在这种漫长的定位过程中，起关键作用的还是北魏《十三州志》中的记载："当七国称王，独杜宇称帝于蜀……望帝使鳖冷凿巫山治水有功，望帝自以德薄，乃委国禅鳖冷，号曰开明，遂自亡去，化为子归。"

周老深谙杜鹃(鸟)在中国古代文化中的独特内涵，信手拈来许多诗词典故，顺带提及现当代和外国的杜鹃文化，遂成就了这篇含蓄隽永的小品文。

小品文者，不主题先行，不刻意为文，天地、虫鱼鸟兽、花草树木都可入文，凭作者散淡的心、轻灵的笔写成。所以小品文最能体现作者的才情风致，最能让读者在轻松的氛围中愉悦身心。

《杜鹃枝上杜鹃啼》第一段，引清词人黄韵珊的《帝女花传奇》中"鹃啼瘦"句，交待了自己笔名的由来；用从前诗人词客称杜鹃为"天地间愁种子"，引出古人的"哀鹃"之论。第二段引白乐天的诗"杜鹃花落杜鹃啼"，说明花与鸟的连带关系；又忆及往年亡友马孟容的赠画及题诗，那诗句"诉尽春愁春不管，杜鹃枝上杜鹃啼"，颇有谑侃味道：杜鹃哭春暮、啼春去，春仍不管而自归，这鹃何苦自作多情呢？第三段引李时珍的文章，从杜鹃的产地、外形、鸣叫特征说起，说到杜鹃的"兴农事，食虫蠹"的益处和其居他巢生子、冬蛰的生活习性。客观的不带任何感情色彩的介绍，轻松地还杜鹃"分明是一头益鸟"的本来面目。接下来第四段，作者又引望帝啼鹃的神话，告知读者"哀鹃说"的起源；又引范仲淹的诗"春山无限好，犹道不如归"，诉"哀鹃"之思恋；引康伯可的词"道不如归去不如归，伤情切"，拟"哀鹃"之伤怀。

丰富的材料引用，令人如行山阴道中，应接不暇。我们不禁感叹作者款款细谈中随处插柳的圆熟技艺。至于文中两次提及的波兰那首民歌的细节，西欧杜鹃钟的趣闻，以及"懒得说普通话"的幽默，更让人深感作者的用心镇密，匠心独运。

若说本文仅是为了表现作者丰厚的文化底蕴和轻松娴熟的写作技巧，似有些流于肤浅了吧？再读一读，仔细琢磨，就会发现有些许深意是值得咀嚼品味的——这其中委婉含蓄地表达了某种情致。

先看作者起笔的那句话："鸟类中和我最有缘的，要算是杜鹃了。"要不，怎么连名字也取成了"瘦鹃"呢？此名显然是笔名。试想，当年作者潜心于"鸳鸯蝴蝶派"的创作，哀情是其小说创作的主题。年少多情，沉溺其中，怎能不被杜鹃的悲愁意义所打动呢？那时的作者，对杜鹃可谓情有独钟，真个是"少年不识愁滋味，爱上层楼；爱上层楼，为赋新词强说愁"啊！在这背后，蕴含着对中国传统文化的几多深情，几多厚意！

然而作者又并没有沉迷于中国文化的"悲鹃"意象中不能自拔，他在行文中分明又表明了另一种态度：他比较同意西方人对杜鹃的态度，似乎觉得杜鹃并不悲苦，甚至还有欢愉的感觉。不然，那"克谷"之声，那支《小杜鹃》，怎能欢快悦耳呢？再看老友的题诗，杜鹃啼于叶茂花繁之中，烂漫一片的杜鹃花丛中，鹃啼声声，只闻那喜气洋洋，生机勃勃，焉有悲戚？而古人从鹃啼中听出的所谓心酸、断肠，"多半是一种心理作用吧"？作者在行文中并不着意表达对杜鹃的好恶态度，而是把它当成一种文化现象，通过东西方文化的比照，更多的是持一份理性的态度。

作者写此文时，已是饱经沧桑的老人，经历了很多大喜大悲后，如今已是淡泊恬静，豁达理性。杜鹃就是杜鹃，无所谓悲，也无所谓喜，一切悲喜皆因情。然而在这顿悟之后，作为读者，心情抑或平静，抑或泛起涟漪，抑或隐约感受到一股淡淡的凉意？这就要由鉴赏者自己品味了。

两情若是久长时

　　初识秦观，是中学时代读明代冯梦龙《醒世恒言》时，书中有一个故事为"苏小妹三难新郎"。便认为苏小妹是秦观之妻，这很符合我对"才子佳人"的想象。但上大学之后方知苏小妹应为虚构人物，秦观原配为高邮富商徐成甫之女徐文美，有一妾名连朝华。

　　秦观词多写男女爱情和身世感伤，风格轻婉秀丽。我爱读秦观的词，最爱的就是那首《鹊桥仙》，读得如痴如醉。

　　纤云弄巧，飞星传恨，银汉迢迢暗度。金风玉露一相逢，便胜却人间无数。

　　柔情似水，佳期如梦，忍顾鹊桥归路。两情若是久长时，又岂在朝朝暮暮。

　　借牛郎织女的故事，以超人间的方式表现人间的悲欢离合，古已有之，如《古诗十九首·迢迢牵牛星》，曹丕的《燕歌行》，李商隐的《辛未七夕》等等。宋代的欧阳修、张先、柳永、苏轼等人也曾吟咏这一题材，虽然遣词造句各异，却都因袭了"欢娱苦短"的传统主题，格调哀婉、凄楚。然而秦观的这首词，却独出机杼，立意高远。

　　这首词起句展示七夕独有的抒情氛围，"巧"与"恨"，则将七夕人间"乞巧"的主题及"牛郎织女"故事的悲剧性特征点明，练达而凄美。借牛郎织女悲欢离合的故事，歌颂坚贞诚挚的爱情。结句"两情若是久长时，又岂在朝朝暮暮"最有境界，这两句既指牛郎、织女的爱情模式的特点，又表述了作者的爱情观，是高度凝练的名言佳句。这首词因而也就具有了跨时代、跨国度的审美价值和艺术品位。此词熔写景、抒情与议论于一炉，叙写牵牛、织女二星相爱的神话故事，赋予这对仙侣浓郁的人情味，讴歌了真挚、细腻、纯洁、坚贞的爱情。词中明写天上双星，暗写人间情侣。其抒情，"以乐景写哀，以哀景写乐，一倍增其哀乐。"读来荡气回肠，感人肺腑。

词一开始即写"纤云弄巧"，轻柔多姿的云彩，变化出许多优美巧妙的图案，显示出织女的手艺何其精巧绝伦。可是，这样美好的人儿，却不能与自己心爱的人共同过美好的生活。"飞星传恨"，那些闪亮的星星仿佛都传递着他们的离愁别恨，正飞驰长空。

关于银河，《古诗十九首》云："河汉清且浅，相去复几许？盈盈一水间，脉脉不得语。"盈盈一水间"，近咫尺，似乎连对方的神情语态都宛然在目。这里，秦观却写道："银汉迢迢暗渡"，以"迢迢"二字形容银河的辽阔，牛郎织女相距之遥远。这样一改，感情升华了，突出了相思之苦。迢迢银河水，把两个相爱的人隔开，相见多么不容易！"暗渡"二字既点"七夕"题意，同时紧扣一个"恨"字，他们踽踽独行，千里迢迢来相会。

接下来词人宕开笔墨，以富有感情色彩的议论赞叹道："金风玉露一相逢，便胜却人间无数！"一对久别的情侣在金风玉露之夜，碧落银河之畔相会了，这美好的一刻，这令人心动的一刻，这销魂的一刻……抵得上人间千遍万遍的相会！词人热情歌颂了一种理想的圣洁而永恒的爱情。"金风玉露"用李商隐《辛未七夕》诗："恐是仙家好别离，故教迢递作佳期。由来碧落银河畔，可要金风玉露时。"用以描写七夕相会的时节风光，同时还另有深意，词人把这次珍贵的相会，映衬于金风玉露、冰清玉洁的背景之下，这是多么高尚纯洁和超凡脱俗的爱情！

"柔情似水"，那两情相会的情意啊，就像悠悠无声的流水，是那样的温柔缠绵。"柔情似水"，"似水"照应"银汉迢迢"，即景设喻，十分自然；一夕佳期竟然像梦幻一般倏然而逝，才相见又分离，怎不令人心碎！"佳期如梦"，除言相会时间之短，还写出爱侣相会时的复杂心情；"忍顾鹊桥归路"，转写分离，刚刚借以相会的鹊桥，转瞬间又成了和爱人分别的归路。不说不忍离去，却说怎忍看鹊桥归路，婉转语意中，含有无限惜别之情，含有无限辛酸眼泪。回顾佳期幽会，疑真疑假，似梦似幻，及至鹊桥言别，恋恋之情，已至于极。词笔至此忽又空际转身，爆发出高亢的呼声："两情若是久长时，又岂在朝朝暮暮！"秦观这两句词揭示了爱情的真谛：爱情要经得起长久分离的考验，只要能彼此真诚相爱，即使终年天各一方，也比朝夕相伴的庸俗情趣可贵得多。这两句成为爱情颂歌当中的千古绝唱！它们与上片的议论遥相呼应，这样上、下片同样结构，叙事和议论相间，从而形成全篇连绵起伏的情致。这种正确的恋爱观，这种高尚的精神境界，远远超过了古代同类作品，多么难能可贵啊。

这首词的议论，自由流畅，通俗易懂，却又显得婉约蕴藉，余味无穷。作者将画龙点睛的议论与散文句法与优美的形象、深沉的情感结合起来，起伏跌宕地讴歌了人间美好的爱情，取得了极好的艺术效果。

　　跨越千年，再读秦观的这首词，"两情若是久长时"仍是抚慰心灵的极好良药。

想起了秦观

虽然秦观和苏轼没有姻亲关系，但秦观却是"苏门四学士"之一。

所谓"苏门四学士"，是获得过苏轼垂青、指导、提携的年轻人（黄庭坚、秦观、晁补之、张耒）。这个称呼首先就是苏轼自己喊出来的，然而，苏门四学士和苏轼并不是一个文学流派，他们的风格不尽相同。比如秦观，他就善于婉约清丽的抒情之作，与苏轼的豪放风格迥异。

比如"春去也，飞红万点愁如海"。

比如"指冷玉笙寒，吹彻小梅春透"。

比如"金风玉露一相逢，便胜却人间无数"。

苏轼的仕途几起几落，备受打击。作为苏轼的门生，秦观的境遇也是一路坎坷。然而，人生命运的挫折，却拓宽了他文学创作的题材。其中这首《踏莎行·郴州旅舍》是在他婉约词里有所开拓的一首，由悲哀开拓出了一种独特的意境。

雾失楼台，月迷津渡，桃源望断无寻处。可堪孤馆闭春寒，杜鹃声里斜阳暮。

驿寄梅花，鱼传尺素，砌成此恨无重数。郴江幸自绕郴山，为谁流下潇湘去？

这首词让人觉得满目哀情。秦观因为新旧党争，被贬至杭州通判，没多久又被贬为处州监酒税。还没让他回过神来，他又被罗织各种罪名，贬至郴州。而且，这一次他被削去所有官爵和俸禄，实际上是作为一个普通百姓被流放。

可是，秦观还没有安顿下来，又被贬至更远的横州，这首词就写于离开郴州之前，作者的心情低落到了极点。

上阙开篇所写就是谪居的环境，雾蒙蒙，让楼台依稀难辨，月色朦胧，渡口也隐匿而不见。这是一幅凄楚迷茫、黯然销魂的画面，不光是眼前之景的凄凉，更映衬了作者对前途的一片迷茫。秦观在此观察了很久，他想找寻当年陶渊明所说的桃花源。其实，陶渊明所说的武陵，离作者所处的郴州并不算远，却没有任何踪迹。词人多么希望借此寻出一条通向"桃源"的秘道！然而他只有失望。一"失"一"迷"，现实回报他的是这片雾笼烟锁的景象。"适彼乐土"之不能，旨在引出现实之不堪。于是放纵的目光开始内收，引出"可堪孤馆闭春寒，杜鹃声里斜阳暮。"桃源无觅，又谪居远离家乡的郴州这个小客舍里，本就容易滋生思乡之情，更何况不是宦游他乡，而是沦落天涯啊。春寒料峭时节，独处客馆，念往事烟霭纷纷，瞻前景不寒而栗。一个"闭"字，锁住了料峭春寒中的馆门，也锁住了那颗欲求拓展的心灵。更有杜鹃声声，催人"不如归去"，勾起旅人愁思；斜阳沉沉，正坠西土，怎能不触动一腔身世凄凉之感。王国维吟诵至此，不禁挥笔题曰："少游词境最为凄婉，至'可堪孤馆闭春寒，杜鹃声里斜阳暮'，则变而为凄厉矣。"（《人间词话》）

下阕之中，带来了些许温暖。"驿寄梅花，鱼传尺素"说的是友人并没有忘记他，还写来宽慰的书信。自古锦上添花容易，雪中送炭难，秦观遭到贬谪，旁人唯恐躲之不及，难得还有人能殷勤问候。可是，即便这样，秦观的心中纵有万千谢意，也掩盖不了深深的离愁。

最后两句，秦观表面上是发出无奈的疑问：郴江啊，你本来是围绕着郴山而流的，为什么却要老远地北流向潇湘而去呢？关于这两句的蕴意，有人以为："郴江也不耐山城的寂寞，流到远方去了，可是自己还得待在这里，得不到自由。"（胡云翼《宋词选》）有人认为词人"反躬自问"，慨叹身世："自己好端端一个读书人，本想出来为朝廷做一番事业，正如郴江原本是绕着郴山而转的呀，谁会想到如今竟被卷入政治斗争漩涡中去呢？"（《唐宋词鉴赏辞典》）见仁见智。我认为词人在幻想、希望、失望、展望的感情挣扎中，面对眼前无言而各得其所的山水，他悄然地获得了一种人生感悟，正如叶嘉莹先生评此词说："头三句的象征与结尾的发问有类似《天问》的深悲沉恨的问语，写得这样沉痛，是他过人的成就，是词里的一个进展。"（《唐宋词十七讲》）

与秦观悲剧性一生"同升而并黜"的苏轼，同病相怜更具一份知己的灵感犀心。这首词传到苏轼面前，苏轼爱不释手，尤其对最后两句青睐有加。没有多久，秦观客死他乡，苏轼得知后大为震惊，叹曰："少游已矣，虽万人何赎！（秦观去世了，一万个人也不及他，也换不回他！）"并把这两句诗书于扇面以志不忘。于是王士禛云："高山流水之悲，千古而下，令人腹痛！"

想起秦观，想起他的壮志难酬，想起他将在被朝廷召回时却客死他乡，每每想起他清丽凄婉乃至凄厉的词作，伤感不已。

只有爱是不能忘记的

我一次次地读苏轼,一次次地膜拜苏轼。他的魅力,除了"大江东去,浪淘尽,千古风流人物",除了"拣尽寒枝不肯栖,寂寞沙洲冷",除了"竹杖芒鞋轻胜马,谁怕,一蓑烟雨任平生"外,更彰显在那悼念亡妻的《江城子·记梦》。

渐渐地,我把目光转向他身边的女人,因为她们,苏轼的形象更加丰满。

"十年生死两茫茫,不思量,自难忘",只读这两句,我便潸然泪下。泪光中,苏轼第一任妻子王弗的形象浮现在眼前。16 岁的她年轻貌美,温柔贤惠,那年苏轼 19 岁,夫妻恩爱,伉俪情深。

可天妒有情人,27 岁的王弗因病离世,那年苏轼 30 岁,写这首悼亡词是十年后了,那时苏轼其实已经再娶妻生子,还有妾侍。

王弗逝世后的十年间,苏轼因反对王安石的新法,政治上受压制,频招贬谪,四处流转。写这首《江城子》时,苏轼辗转到密州,遭逢凶年,忙于处理政务,生活上困苦到食杞菊维持的地步。生活如此现实,或许他已经很久都没有想起曾经的温存了。然而十年忌辰,正是触动人心的日子,往事蓦然来到心间,久蓄心怀的情感潜流,忽如闸门大开,奔腾澎湃而不可遏止。"夜来幽梦忽还乡,小轩窗,正梳妆。相顾无言,惟有泪千行。料得年年肠断处,明月夜,短松冈。"凄清幽独,黯然魂销。王弗的青春定格在了苏轼孤独寂寞、凄凉无助的梦中。

在王弗离世三年后,苏轼娶了前妻的堂妹王闰之,那年苏轼 33 岁,王闰之21 岁。王闰之陪伴苏轼度过了人生重要的 25 年,在这 25 年里,苏轼经历乌台诗案、黄州贬谪等多次宦海沉浮,他们相互携手,不离不弃,并生儿育女。苏轼 58 岁时,王闰之又先他而去,让他再一次肝肠寸断,他为她写祭文,说"唯有同穴"。苏轼死后,苏辙将其与王闰之合葬,实现了祭文中的愿望。

然而我认为苏轼生命中最重要的女人,应是他 38 岁时遇到的王朝云。虽然她从来都不是苏轼的正妻,但她是苏轼心灵的伴侣和最后的爱人。

与王朝云的第一次相遇,是苏轼因批评王安石变法,第一次被贬到杭州任通判的第三年。一日与文友同游西湖,招来歌舞助兴,在数名舞女中,王朝云以清丽淡雅的姿色、高超的舞技、灵动的眼神、娇憨而又机智的谈吐打动了苏轼因世事变迁而有些暗淡的心,被苏轼收为身旁摊纸磨墨的侍女。据说那天挥毫写下的传颂千古的描写西湖佳句"欲把西湖比西子,淡妆浓抹总相宜",就寄寓了苏轼初遇王朝云时的心动感受,那一年,王朝云12岁。

此后,有一段韵事,一日,苏轼饭后拍着肚皮问左右侍婢其中所装何物,一婢说是文章,一婢说是见识,苏轼皆不以为然。独有朝云朗声道:"学士一肚皮不合时宜。"苏轼大笑曰:"知我者,朝云也!"不知那时朝云的身份是婢还是妾,我却总愿意想,就是打那之后,苏轼才动了念头将她收在房中,所以他们之中更多的也不是床笫之间的男欢女爱,而是因为他的心灵需要这朵解语花适时的陪伴。

在杭州三年后,苏轼又官迁密州、徐州、湖州,颠沛不已,43岁时甚至因乌台诗案被贬为黄州团练副使。乌台诗案让苏轼坐了一百零三天牢房,并被一贬到底。被贬黄州是苏轼人生的第一次重大挫折,同时也是其文学艺术成就最为辉煌的时期。《赤壁赋》《后赤壁赋》和《念奴娇·赤壁怀古》等千古名作均在这期间创作。

在被贬黄州之前,王朝云正式成为了苏轼的妾室,辗转颠沛流离,王朝云始终紧紧相随,无怨无悔。在黄州时生活困顿,苏轼诗中记述:"今年刈草盖雪堂,日炙风吹面如墨。"苏轼在逆境中的诗篇当然含有痛苦、愤懑、消沉的一面,但更多的诗则表现了对苦难的傲视和对痛苦的超越,以及旷达的人生态度。在这方面朝云深得其味,她布衣荆钗,悉心为苏轼调理生活起居,她用黄州廉价的肥猪肉,微火慢炖,烘出香糯滑软、肥而不腻的肉块,作为苏轼的佐餐妙品,这就是后来闻名遐迩的"东坡肉"。

48岁那年,22岁的王朝云为苏轼生下一个儿子,苏轼为他取名为遁。既寓有自己远遁世外之意,又包含着对儿子的诸多美好祝愿:"人皆养子望聪明,我被聪明误一生。唯愿孩儿愚且鲁,无灾无难到公卿。"

第二年,苏轼接到诏命,将他任命为汝州团练副使,接到诏令后不敢怠慢,四月中旬便携家启程,途中,不到周岁的孩子中暑夭亡。年迈羁旅失幼子,这让苏轼深深自责,极度悲痛,写了许多哀毁诗句。其中"我泪犹可拭,日远当日忘。母哭不可闻，欲与汝俱亡。故衣尚悬架，涨乳已流床"，正是苏轼与朝云相知相慰的告白。

一方面是丧子之痛，一方面为了照顾肝肠寸裂的朝云，苏轼上书决意不去汝州，改留常州。此后神宗驾崩，哲宗继位，废除王安石新法，苏轼得到皇帝的短暂赏识，政治上春风得意。但因批评旧党腐败行径，又遭陷害，先后外调任杭州、颍州、定州、知州，并在59岁时，再次被贬至惠阳（今广东惠州）。那时第二任妻子王闰之已殁，身边姬妾纷纷散去，只有王朝云万里追随，始终如一。

对此苏轼写了一首《朝云诗》，此诗有序云："予家有数妾，四五年间相继辞去，独朝云随予南迁，因读乐天诗，戏作此赠之。"

> 不似杨枝别乐天，
> 恰如通德伴伶玄。
> 阿奴络秀不同老，
> 天女维摩总解禅。
> 经卷药炉新活计，
> 舞衫歌扇旧因缘。
> 丹成逐我三山去，
> 不作巫阳云雨仙。

乐天是白居易，樊素是他最爱的姬妾，以唱《杨枝词》闻名。白居易晚年多病时让她离开了自己。伶玄是《赵飞燕外传》作者，通德是伶玄之妾，是一生追随相伴的典故。这实际是苏轼的爱情宣言，在世人前表达自己对朝云的感激和意重情深。

官场的失意，成就了苏轼的诗意人生，也成全了朝云20年的爱恋，使苏轼发现了最后岁月的一份真情。这或许是朝云一直希望的：我祈求荣华的消退，富贵的散场，纷扰归于静寂。因为，这样你才能只看到我。

只是，让我成为你眼中的唯一，需要多少沧桑和苦难啊！三年后王朝云因染瘟疫逝于惠州。苏轼尊重朝云的遗愿，将她葬在惠州西湖南畔的栖禅寺的松林里，并亲笔为她写下墓志铭。

在此之后，苏轼的人生履历中就再没有留下过任何女子的痕迹，侍妾朝云成了他的爱情绝响。

……

王弗，王闰之，王朝云，一个个如清风而来，又如朝雾而去，她们在最美的年华里，陪伴过这位天才的诗人，让这位多舛的诗人拥有了丰盈的人生。

人生，可以坎坷；仕途，可以多舛。只有爱，是不能忘记的。

沈复的另一方天地

沈复的《浮生六记》，向我们展示了他生活的另一方天地。

沈复 (1763–1822 年) 字三白，扬州人，是个以游牧、经商为业的下层文人，《浮生六记》是他回忆生平 (主要是与亡妻陈芸的婚恋生活) 的笔记体作品。"浮生若梦，为欢几何？"书名"六记"，顾名思义，共有六篇，但道光年间杨引传在苏州冷摊上购得手稿时，后两记已缺，只存《闺房记乐》《闲情记趣》《坎坷记愁》《浪游记快》四篇。光绪三年 (1877 年) 杨引将这四记的手稿交上海申报馆排印。1923 年北京朴社出版了俞平伯的点校本。

据推测，佚失的《中山记历》主要记作者陪清朝官员出使琉球国之事，描写了岛国风情及海上风光；《浮生六记》就是嘉庆十三年 (1808 年) 5 月至 10 月在琉球写成的；《养生记道》主要是介绍养生、处世之学，"恐亦多道家修持妄说"(俞平伯语)。所存的四篇是《浮生六记》的精华。30 年代世界书局出版"美化文学名著丛刊"，称收《浮生六记》足本，据考证，后两记是伪作。

《浮生六记》出版后广为流传，法、日、德、俄等译本也先后问世。林语堂不但将书译成英文，还在《中国人》《生活的艺术》等著作中多次引用，扩大了这本书的影响。杨绛的《干校六记》也受到《浮生六记》的启发，钱钟书为《干校六记》写"小引"，也曾谈及《浮生六记》。

《浮生六记》的家庭婚恋题材在中国传统文学中很少见，是它最引人注目的地方。道光二十九年 (1849 年) 王韬跋文称此书"笔墨之间缠绵哀感，一往情深，于伉俪尤笃"。陈寅恪则更明确地说："吾国文学，自来以礼法顾忌之故，不敢多言男女间关系，而于正式男女关系如夫妇者，尤少涉及。盖闺房燕呢之情景，家庭米盐之琐屑，大抵不列载于篇章，惟以笼统之词，概括言之而已。此后来沈三白《浮生六记》之闺房记乐，所以为例外创作，然其时代已距今较近矣。"正是在这个意义上，有人将它与《红楼梦》并举。

书中以较多篇幅记叙沈复和陈芸伉俪情深、自得其乐的生活，《闺房记乐》《坎坷记愁》两篇尤为突出。《闺房记乐》写温馨愉悦的夫妻生活，《坎坷记愁》则写"贫贱夫妻百事哀"的不幸，欢愉与愁苦两相对照，格外凄恻动人。林语堂称陈芸为"中国文学上一个最可爱的女人"，她清雅脱俗，不以珠玉为贵，却极珍惜破书残画。诗人中她最喜爱李白，称"李诗宛如姑射仙子，有一种落花流水之趣"。但由于失翁姑之欢，陈芸两次被逐，贫病交加，40岁时就"赍恨以殁"，令人痛惜。

正如俞平伯在《重刊浮生六记序》中所说，沈复写此书"上不为名山之业，下不为富贵的敲门砖，意兴所到，便濡毫伸纸，不必装点，不知避忌"。喜怒哀乐、离合悲欢，都自然流露，娓娓道来，"虽有雕琢一样的完美，却不见一点斧凿痕。犹之佳山佳水，明明是天开的图画，却仿佛处处吻合人工的意匠"。他对《浮生六记》的艺术价值评价很高，说它"俨如一块纯美的水晶，只见明莹，不见衬露明莹的颜色；只见精微，不见制作精微的痕迹"。

苏教版中学语文课本中的《幼时记趣》一文，是从《闲情记趣》的开头部分节选的，富于想象力和天真的童趣。在童年沈复的眼中，使人厌烦的蚊子变成了"群鹤舞空"，颇有物外之趣，他还把蚊子关进帐子里，让它们演出符合他愿望的景象，"使其冲烟飞鸣，作青云白鹤观"。写完想象中的天上景，他又对称地写地上的景象，"以虫草为林，以虫蚁为兽，以土砾凸者为丘，凹者为壑，神游其中，怡然自得。"在这个缩微的大自然中，癞蛤蟆成了忽然侵入的庞然大物，"拔山倒树而来"，结果被他"鞭数十，驱之别院"。文章紧扣一个"趣"字，表现了儿童充满神奇幻想的内心世界。

这段关于童年生活的有趣回忆，在全书中可以说是一个例外，其他部分写的都是沈复成年后的生活。

为什么要插入这段回忆呢？我总觉得沈复是想逃进自己的一方天地中，以缓解现实的压力，他不是碰巧遇上这样一个世界，他是打算去发现一个或者建造一个这样的世界，当他想象自己变得很小而万物变得很大时，他的愿望就在幻想中实现了，他逃离了现实世界，获得了属于自己的无限空间。这段童年回忆，与成年沈复醉心于园艺、假山等艺术创造活动有密切关系，这些活动同样表现了他对这个世界的向往。

《闲情记趣》中的"趣事"也是经过精心选择、修饰的。在每一则这样的趣事中，每一个这样的幻象里，都存在一种危险。沈复在回忆童年那些趣事时，实际上也传达了一种焦虑不安的心绪：自由自在的幸福生活是短暂的，它随时可能被外来侵入的东西所破坏。童年的回忆是美好的，引人发笑，但是当历经坎坷，觉得"浮生若梦"的沈复重新书写这个故事时，他的笑想必是种"含泪的微笑"吧？

然而无论如何，他展示人世悲欢的回忆文字，他鲜活的童年幻想，仍然让许多人会心微笑。

真名士阮籍

余秋雨眼中，中国文化堪称风流一脉的，当属"魏晋人物晚唐诗"。魏晋人物那独特的人生风范，一直长久地影响着我们。

说起真名士，首推竹林七贤之一——阮籍。阮籍是建安七子之一阮瑀的儿子，他三岁丧父，由母亲抚养长大。父亲去世之后，家境清苦，在族兄阮武的教育熏陶下，阮籍并没有放弃学业。阮籍容貌俊美，性嗜酒，善弹琴，能长啸，卓尔不群，率性而为，不受羁绊，喜怒不形于色。他博览群书，研习诗文，好学不倦，还兼习武艺，他曾在《咏怀诗》中写道："少年学击剑，妙技过曲城。"

阮籍性格孤僻，放荡不羁。十六七岁时，有一次他随兄长阮照到东郡拜访兖州刺史王昶，阮籍"终日不开一言"，王昶"自以为不能测"。阮籍虽然不爱说话，却喜欢用"白眼""青眼"来看人：用白眼对待自己厌恶的人，用青眼对待自己欣赏的人。

据说在他的母亲去世后，嵇康的哥哥嵇喜来致哀，阮籍不喜欢嵇喜，就斜着眼睛用白眼看他。人家吊唁他母亲，他也白眼相向，这件事很不合情理，嵇喜和随员有点不悦，回家一说，被嵇康听到了。后来嵇康带着酒和琴具来吊唁，阮籍对他十分器重，就正视着用青眼看他。(《晋书·阮籍传》：及嵇喜来吊，籍作白眼，喜不怿而退。喜弟康闻之，乃赍酒挟琴造焉，籍大悦，乃见青眼。)

阮籍好饮酒。司马昭当权时，为了拉拢阮籍，想和他结为亲家，阮籍为了躲避这门亲事，每天拼命地喝到酩酊大醉，不省人事，一连六十天，天天如此。奉命前来提亲的人根本就没法向他开口，只好如实回禀司马昭。司马昭无奈地说："唉，算了，这个醉鬼，由他去吧！"(《晋书·阮籍传》：文帝初欲为武帝求婚于籍，籍醉六十日，不得言而止。) 他听说步兵校尉兵营的厨师特别善于酿酒，而且打听到还有三百斛酒存在仓库里，就去求取步兵校尉的官职。(《晋书，阮籍传》：籍闻步兵厨营人善酿，有贮酒三百斛，乃求为步兵校尉。)

阮籍十岁时，曹丕上演了一出汉帝禅位、自己登基的戏，正式结束了两汉427年的历史。阮籍二十九岁时，魏明帝亡故，其养子曹芳继位。明帝临终前托孤于曹爽、司马懿，二人明争暗斗，导致朝政动荡、政局险恶。后来，曹爽被司马懿所杀，司马氏独揽朝政，杀戮异己，不仅牵涉政界，还株连大批名士，依附曹氏的何晏等人均被诛杀，史称"天下名士去其半"。这件事在阮籍心中激起了强烈反响。

阮籍在政治上本有济世之志。他曾信马由缰登上河南荥阳的广武山古战场，他知道这是楚汉相争最激烈的地方，山上还有古城遗迹，东城屯过项羽，西城屯过刘邦，中间相隔两百步，还流淌着一条广武河，河水汩汩，城基废弛，天风浩荡，落叶满山，阮籍徘徊良久，叹一声："时无英雄，使竖子成名！"

然而他目睹了两次政权更替的残酷斗争，这让他承受了巨大的心理压力。他在政治上本倾向于曹魏皇室，对司马氏集团怀有不满，但又感到世事已不可为，于是他采取不涉是非、明哲保身的态度，或闭门读书，或登山临水，或酣醉不醒，或缄口不言。

阮籍与嵇康、山涛、刘伶、王戎、向秀、阮咸等人，共为"竹林之游"，史称"竹林七贤"。迫于司马氏的淫威，阮籍先后做过司马氏父子三人的从事中郎，当过散骑常侍、步兵校尉等，后人称其为"阮步兵"。

阮籍喜欢独自驾着车，载着酒没有方向和目的地四处游荡。道路崎岖不平，马车颠簸摇晃。到了路的尽头，他独自坐着，眼泪夺眶而出。哭够了，则持缰驱车向后另外找路。这个故事在《晋书》中的记载只是寥寥几笔："时率意独驾，不由径路，车迹所穷，辄恸哭而反。"

而真正使其扬名天下的，是近四百年以后，少年意气的王勃即兴挥毫的《滕王阁序》中，"孟尝高洁，空余报国之情；阮籍猖狂，岂效穷途之哭"一句。从"猖狂""岂效"二词中，足以看出王勃对穷途之哭的否定，甚至讽刺。

然而事实真的如此吗？战国时期的思想家杨朱外出到了一个岔路口，联想到了人生的歧路，心中伤感，不禁流下泪来，留下了"杨子哭歧路"的故事。而阮籍发现路的尽头没有了路，心中亦不免悲凉。游玩散步的路，走到尽头，可以退回来重新选择方向，可是人生的路呢？走到尽头的时候没有办法再回头。人生道路已崩坏，自己的价值也无法实现，身后是滚滚红尘，纷纷扰扰，有太多悲苦幽愤。人生之"穷"，莫过于此。此时除了恸哭，还能如何？

当时，司马一族虎视眈眈，曹魏势力困兽犹斗，而边关异族蠢蠢欲动，常常进犯致使生灵涂炭。阮籍心性高洁，不愿与司马一族狼狈为奸，却无力阻挡曹魏衰亡的时代洪流，又不忍看时局混乱如此。阮籍的猖狂和绝望大概是成正比的，他用歇斯底里的疯狂掩饰着对这个世界的绝望。

阮籍的儿子阮浑想要模仿父亲的任诞行为，阮籍跟儿子说道："仲容（阮咸）已预吾此流，汝不得复尔！"他深知自己走的这条路有多辛苦，不愿看到儿子再重复他的老路，以至于一生沉闷，不得欢愉。史书记载，阮浑是一个极本分的官员，平生竟然没有一次醉酒的记录。

阮籍五十三岁那年，司马昭被晋封为晋公，位相国，加九锡，这是司马昭算权夺位计划的重要一步。按照惯例，由傀儡皇帝曹奂下诏加封晋爵，司马昭谦让一番，然后再由公卿大臣"劝进"。当时阮籍担任步兵校尉之职，受命执笔，但阮籍只顾喝酒，等到使者来催稿时，他带酒拟稿塞责。也正是这一年，他的好友嵇康被司马昭处死，同年冬天，阮籍因病逝世。

历代对"竹林七贤"的排序，阮籍总是名列第一，可见其名望之高。阮籍的品格对后世影响也很大，曹雪芹将阮籍看作心灵的知者、行为的楷模，他的字"梦阮"，体现了其对阮籍的倾慕。曹雪芹的好友敦诚曾作"步兵白眼向人斜"（《赠曹雪芹》）的诗句，用阮籍青白眼的轶事来称赞曹雪芹不肯随波逐流的傲世态度，也揭示了曹雪芹与阮籍相似的才情和心境。

想起那遥远的年代，那旷世的绝响依然回荡在耳旁。

第四辑

如果我爱你

每一个不曾起舞的日子，都是对生命的辜负。如果我爱你，我会和你一起，在世间翩翩起舞。

舞 者

年幼时，

你不小心

踩在了我的脚上；

长大后，

你不小心

踩在了我的心上

……

从此，

你成了

我心头的舞者，

我的心和着你的节拍而律动。

吾家有女

今天是女儿的生日。她正值青春年华，笑靥如花。

想起了女儿刚出生的那一刻。嘹亮的啼哭声让整个产房为之振奋。我目不转睛地端详着她，一整天一整天地研究着她：粉粉的小手小脚，红红的脸蛋，如燕儿般张开的小嘴……她是上天恩赐给我的呀！她的到来让我拥有了崇高感与使命感。

春日里，奔牛公园，微风阵阵袭来，草坪如柔软的地毯，我牵着她的小手，看着她蹒跚前行。不远处，我的母亲坐在草坪上微笑地看着我们。渐渐地，女儿挣脱我的大手，如同一只展翅的小鸟，欢快地扑向外婆怀中。草坪那端回荡着欢快的笑声……

多年以后，女儿长大了，已和我并肩前行了。她安静而耐心地听我叙说着工作生活中的点点滴滴，听我的唠叨，听我的抱怨……竟然，她听了这么多年，从来没有过不耐烦。她像一个温柔的接纳器，能够容纳我生活中所有的喜怒哀乐、酸甜苦辣，而那时的我，竟然没有考虑过她的感受，她还是一个十几岁的孩子啊！

直到多年以后，女儿才幽幽地说："我当然知道，那时我们刚来南京，爸爸不在你身边，你当时工作生活压力那么大，心中的话不对我说，又能像谁倾诉呢？"听得这话，我心头一颤，鼻子酸涩。

平日里，闲暇时，我会翻阅往日的照片，回忆那一幅幅生活的画面。时光就这样缓缓流去……

不知怎的，我又一次想起了母亲。她离开我已经五个年头了，可她的身影时常浮现在我的脑海里。

母亲曾牵着我的手，我曾牵着女儿的手。

女儿已长大，母亲已离去。

花开，花谢。

生命，真的如同一朵花，花开了不必言谢，花谢了也不必悲伤，因为，一朵花只要用心开过，总会在世间留下属于它的芬芳。

我想，也总有这么一天，我也会重回起点。

而如今，丽日柔风，岁月静好。

且行且珍惜吧。

目 送

2018 年 6 月 16 日早晨 8 点整，我们迅速走下出租车。我抬眼望去，宁海中学中考考点门口，人头攒动、熙熙攘攘。交警们早已一字排开，他们费力地拨开人群，努力为考生开辟一条通道。

我看离通道还有一段距离，想陪小明多走一会儿。也就走了几步吧，前方一位交警立即上前，双手打出停止手势，大声说道："观众同志们，请你们退到路两旁，让我们的主角上场。"

我不好意思上前了。我转脸朝向小明，给他理了理衣领，又把手搭在他的肩上。小明看着我，说道："爸妈，我自己走，你们留步吧。我考完就在路边等你们，再见。"

我看着他独自走上了考场通道，没有回头，只留给我一个背影。

我也就呆呆地立在原地，心中似有一丝异样的感觉。

我身旁早聚了不少家长，三五成群地聊着天，谈话声传入耳畔。

"孩子小的时候我们嫌他特烦，整天黏着你，样样都要管。小学时接送了整整六年呀。慢慢长大了，眼看着他一天比一天忙，想聊个天还要等他有空的时候……"

"孩子长大了，有了自己的思想了，慢慢独立了……"

"是啊，有距离了。"

听着听着，那种异样的感觉，在我的心中慢慢氤氲开来，渐渐地弥漫了我整个身心。那感觉又如同月下的潮水，一浪接着一浪地袭来，不经意间打得我遍体透湿……

那到底是一种什么样的感觉？又隔着什么样的距离？

想起龙应台说的话："我慢慢地、慢慢地了解到，所谓父女母子一场，只不过意味着，你和他的缘分就是今生今世不断地在目送他的背影渐行渐远。你站立在小路的这一端，看着他逐渐消失在小路转弯的地方，而且，他用背影默默告诉你，不必追。"

　　是吗？这条路，是远，还是近？是顺利，还是坎坷？不管如何，他只能一个人走。我只能站在不远处目送他的背影，默默地为他祈祷，为他祝福。

如果我爱你

——致小明

如果我爱你
我会停止对你的指责和抱怨
慈悲地走进你的内心
从而看到你的迷茫与渴望
如果我爱你
我会审视往昔我们的相处
我会反思我从前因为没有智慧
曾给你带来了很多的伤害
如果我爱你
我会坦然地接纳你的一切

如果我爱你
我首先要有爱的能力
我必须先要学会如何去生活
并且要管理好自己的情绪
我还要努力提高自己的说话水平
口齿清晰地说出令你入耳的话语。
……
其实这些还都不够
我最终必须要用实际行动给你正向的引导

给你传递满满的正能量！

如果我爱你

我不会事事包办代替

那样会剥夺你体验的权利

把你养成温室里的花朵

从而失去在大自然中生存的能力

如果我爱你

也不会用我的标准去要求你

因为你和我是两个独立的生命

你有你蓬勃的生命力

你有你绽放生命的姿态

如果我爱你

我会告诉你生活不只是眼前的苟且

还有诗和远方

还有高贵而自由的未来

如果我爱你

我会让你理解"命由我作，福我自求"的真谛

让你把握住命运的方向和节拍

如果我爱你

我会邀请你和我一起去体验

体验付出的艰辛

体验过程的坎坷

体验收获的快乐

如果我爱你

我会引导你脚踏实地去拼搏

一步一个脚印地执着于当下的努力

不会因为眼前的困难而裹足不前

不会因为往昔的惰性而因循耽搁

如果我爱你
我会给你陪伴、给你支持、给你提醒
如果我爱你
我会给你温暖、给你理解、给你慰藉
……
如果我爱你
我坚信
你终会绽放出美丽的生命
你终会成为世上最独特最靓丽的一道风景！

亲爱的，我能安静地陪伴你吗

曾经，我以为自己是解决问题的专家
迫切地要包扎你的伤与痛
曾经，我如此急切地问你
感觉好些了吗？我已经竭尽全力了！
曾经，我已显然不耐烦
质问你究竟有多少伤，有多少痛
……

那天，就在那个瞬间
我的灵魂恍然醒悟
我真真切切地觉察到了
我从未尊重过你的伤与痛
我一直想要的是改变你的现状
我一直在做的是践踏你的感受
尽管，这一切的初衷是善良的

如今，我能做一个安静的陪伴者吗
我会把我的爱
变成一床厚厚的柔暖的安全的丝被
让你的伤与痛能够缓缓地平稳地放下
让我和你在一起
望着你，听你说郁积已久的故事

让我安静地、倾心地
听你说，而不是着急去安慰

当你满含着绝望的泪水
捂着心口说"痛"时
我，只是默默地
凝视着你的痛
与你一起感受
你的无助，你的绝望
你茫然的眼神……
我知道，痛苦、挫折
是你生命的一部分
很重要的一部分

如果允许，请让我把你揽入怀中
静静地聆听你的呼吸，你的心跳
我会把我的心贴近你的心
两颗心一起去倾听、去抚摸那种痛
我会静默地、稳稳地立在那里
让你安心、安全地依偎在我怀中

就这样，彼此
相拥、静默
让我，得以进入你的内在
于是，我与你
有了生命中第一次
真实的联结

我祈祷
当我面对你的挫折、你的愤怒、你的无助、你的绝望时

我祈祷

让上天协助我与你的灵魂紧紧相依

我祈祷

此刻的你能接收我发出的爱的信息

我祈祷

你能回到你生命的内在

我祈祷

你能坦然接纳生命中必经的痛苦历程

我祈祷

你能从苦难中找到内在的力量

我祈祷

生命的能量终会汩汩地流入你的心田……

我选择接纳

亲爱的，我选择接纳
我接纳你的痛苦你的绝望
我接纳你的愤怒你的指责
我接纳你的悲伤你的无助
我接纳你的偏激你的无理
我接纳你所有的语言与行为
因为，透过这些
我看到了你更多更深层的渴望

与此同时
我更接纳我自己
接纳自己在原生家庭中带来的负面因素
接纳陪伴了自己几十年的思维模式
接纳自己在教育孩子过程中犯下的错误
接纳自己的不完美甚至残缺
接纳自己正面临的困惑

当我接纳了这一切时
我看到了真实的自己
我感觉我的心变得柔暖
一股神奇而美丽的力量
正从我的灵魂深处缓缓升起

我知道那是爱的力量
它包围着我、充盈着我
我感觉无比的轻松、自由
我领悟到了真正的平静与喜悦

我接纳、我原谅、我释放
更美妙的
我找到了久违的自我

还想告诉你

很庆幸今世与你有缘。亲爱的，无论我们相处的日子多久，无论岁月匆匆或是漫长，都请好好珍惜共聚的时光。因为，来世，我们不会再见。

我还想告诉你：

一、一生中我们风雨同舟，携手并进。但是，亲爱的，请不要急于赶路，要学会停下匆忙的脚步，欣赏沿途的风景。

二、没有人是不可代替的，没有东西是必须拥有的。看透了这一点，将来就算失去了世间最爱的一切时，也应该坦然接受。

三、生命是短暂的，今天也许还在浪费着生命，明日会发觉生命已远离你了。因此，愈早珍惜生命，你享受生命的日子也愈多。

四、年少时爱情只是一种感觉，而这感觉会时过境迁。如果你的所谓最爱离开了你，请你耐心等候一下，让岁月慢慢冲淡，让心灵慢慢沉淀。不要过分憧憬爱的唯美。

五、虽然，很多有成就的人士没有受过很高的教育，但并不等于不用功读书，就一定可以成功。你学到的知识，就是你拥有的武器。

……

我会这样滋养你

孩子，你已渐渐长大。应该有意识地认识这个世界与自我了。在成长途中，你会有成功得意之时，也会有受挫无助之时……那么，请记住这些话，它会滋养你的心灵，会给你前行的勇气与力量。

一、付出与收获终成正比

正如冰心所言："成功的花，人们只惊羡她现时的明艳！然而当初她的芽儿，浸透了奋斗的泪泉，洒遍了牺牲的血雨。"灵动的诗句道出了深刻的哲理：若想取得成功必须付出巨大代价。那么，就让我们丢掉不劳而获的幻想，抛弃天上掉下馅饼来的美梦，脚踏实地地去奋斗吧！用自己的努力，用自己的汗水，来收获属于自己的果实。

二、每个人必须对自己的行为负责

这里的"负责"有两层意思。

一是学会反省。孔子曰："吾日三省吾身"。我们遇事应先从自己身上找原因，不得过且过，不推卸逃避，而是冷静地思考，主动承担属于自己的那一部分。

二是凡事三思而后行。不急躁，不冒进，仔细考虑好事情的前因后果，然后慎重地做出决定。你的决定就会果断而有力度。长此以往，你就拥有对自己行为负责的能力了。

三、用竞争来激发我们的潜力

"物竞天择，适者生存"，这不仅是自然界生物优胜劣汰的规律，更是人类社会的发展之路。竞争是求生存的必经之路，竞争是完善自我的根本途径。竞争使人奋力向上，力争完美。让我们拼尽全力搏击，在不断的努力中挖掘潜力，超越自己，实现梦想。

四、坦然面对困难，积极战胜困难

人生之路谁都不会平坦，遇到困难也是人生之常态。面对，接受，思考（自己、他人、环境）行动。你就是强者。

五、勇敢地做好你自己

在这个世上，每个人都是独一无二的，正如世上没有两片相同的树叶。你要用慧眼去寻找自己的独到之处，欣赏自己独到的美。尽力去发掘你自己的宝藏，让这宝藏成为你用之不竭的资源。

你要努力做好你自己，稳稳地走好自己的路。因为，任何人都不能代替你走自己的路。人生之路是独行的。

六、父母是你永远的支持者

我们相信你能处理好自己的事情。如果需要，我们会站在你的身边，给你指导与建议，把我们的力量传递给你。你困惑时我们会与你相伴而行，共渡难关；你成功时我们会握着你的手，分享你的喜悦与幸福。

……

亲爱的，无论发生了什么，不管你做得如何，你都是我亲爱的孩子，我们永远爱你！

护学记

六点钟，手机闹铃准时响起，那声音很寻常，不刺耳。我睁眼看窗外，天还没亮。我犹豫片刻，迅速起床。洗漱完毕，已是6点10分。

这是我连续早起的第五个开车送小明上学的早上。

我敲小明的房门，没有动静，我又打开他房间的灯，唤他起床。他终于睁开惺忪的双眼，我离开他卧室，来到厨房，准备开水，我并没有做早饭，路上我们将去肯德基取早餐，小明说他们同学大多都带早餐在学校吃的，太早了在家没有食欲。

等他收拾完毕，我们离开家，是6点30分。

天空渐渐明亮，晨曦很美，寒风刺骨，空气凛冽而清新，我给小明理了理围巾，我们快步向前走。他去取早餐，我去开车，我们在十字路口汇合。我们离学校并不远，我尽量把车开慢些，让他有从容的时间吃早餐，我们一路无话。

6点50分开始，29中高中部路上的车子已经排成了长龙，身着校服的孩子们已没有时间在车中等待，他们纷纷打开车门，迅速跳下车，背上书包，直奔校门。小明也是，我看着他向前跑去，背影融入涌向校门的队伍。

我的车继续往前开，路两旁的行人渐渐多了起来，和我同向的，大多是骑车带孩子上学的，大人在前面奋力地骑车，孩子在后座上，身背厚重的书包，裹得严严实实的。也有孩子自己骑车前行的。在寒风中，我能看到他们口中呼出的白气。

时间是7点钟，还没到初中部的校门口，虎踞路上已是熙熙攘攘，车水马龙，六七个交警在路口指挥交通。机动车道上，学生们各自从车上跳下，他们退到路口，等待绿灯亮时穿过马路进校门。

我的车终于进了校园，时间是7点10分。从地下车库去餐厅有部电梯。

第三次了，我看到了同一对母子。母亲是同事，等电梯的当下，她不忘给儿子理衣服帽子，比她高出半头的儿子，手里拿着汉堡（有时是馅饼），埋头吃着。母子没有语言交流，却都忙碌异常。我远远看见电梯的指示灯还在五楼，便不再往前走，更多的怕打扰到这对母子吧，我转身向楼梯走去。

因为比往日到校早了半个小时，我得以看到更多的校园场景。

校门口早有两列身披锦带的同学，在值班老师的带领下，向每一个进校门的老师鞠躬致敬。大门口的玉泉池边，广场上是行色匆匆的孩子们，有匆匆停自行车的，有气喘吁吁往楼上跑的，也有抱着大摞小摞的作业本从楼上下来的。课代表忙着收作业，值日生在忙着拖地，同学们在忙着收桌椅，教室门口的过道上，已有早到的老师在维持秩序。

……

铃声响起，"沿着校园熟悉小路，清晨来到树下读书……"

教室里想起了朗朗的读书声。

校门口已无车辆和行人，道路瞬间变得开阔。

电子大屏幕上显示的时间是 7 点 25 分。

送考小记

清晨，被一阵悦耳的鸟鸣声唤醒。睁开眼睛，窗外已是初夏明媚的晨光。老公早已起床，拉开窗帘了。

我并不急着起床，而是躺在床上望着窗外。一株株月季花在绿叶丛中盛开，朵朵娇艳欲滴。栀子花已和月季一般高，那浓郁的香气透过凝脂般的玉色扑鼻而来。金银花、茉莉花、凤仙花、满天星、五色椒……在我的花园里你推我搡，争奇斗艳。而我，最钟爱的，还是那一盆盆五颜六色的太阳花了，那缤纷的色彩仿佛令人置身于浪漫的童话世界。

我正出神地欣赏着我的花园，儿子已起床了，老公也把早餐准备好，唤我们一起吃早餐。

今天是儿子中考。老公把粽子端上餐桌，朝儿子说："小明，吃了这粽子，就可以……"我一听，随即向老公使了个眼色，老公悟性极高，立即改口道："小明，这粽子又香又甜，多吃两个！"小明很配合地点点头，吃得很开心的样子。

女儿早就关心起小明的中考了，电话中嘘寒问暖的，并且早已提前寄了好几箱他爱吃的点心来。

早饭后，小明收拾好准考证和文具资料。我边叫出租车，边把女儿寄来的点心挑几份出来装进包里。

几分钟后，我、老公、小明坐上了出租车，直奔考点。小明要在车上争分夺秒看看书，我们也不便多说话。我把目光移向窗外。

时值周末加端午节，路上没有上班族，非机动车道上，与我们同行的全是赶考和送考的。那个穿着校服的小姑娘，坐在爸爸的电动车上还不忘看书。在他们后面的一家，骑车的应该是爷爷吧，他身姿敏捷地带着孙女，与他并肩骑行的是奶奶，奶奶车座上放着书包。哈哈，爷爷奶奶都上阵了！我们的车速度快，眼看超过了一辆辆电动车，在一幅幅流动的画卷中前行，不一会儿就到了考点附近。

我们迅速下了车。我悄悄看小明，只见他神色平静，我又问了一句："准考证带好了吧？""放心吧，妈，早都备好了。你们留步吧，考完就在这儿等我，再见。"

我抬眼望去，宁海中学的门口人头攒动，熙熙攘攘，热闹非凡。交警们早已一字排开，从岔路到校门口，忙碌地维持着秩序。

我们目送小明步入了考场通道，想等一会儿再离开，便寻了一个最佳位置站立。

门口的考生渐渐少了。我发现左边大树下一位考生并不急着进校门，而是神色平静地翻着资料，他身旁的妈妈殷勤地为他摇扇子。我右前方端立着一位时髦妈妈，她化着精致的妆容，身着一款旗袍。噢，"旗开得胜"呀！与她并肩的爸爸只着便装，并没有穿马褂。我想，爸爸此时不解风情了吧，"马到成功"岂不完美？哈哈哈，我兀自笑出声来。

"宝宝，我们马上就回去啦！"咦，哪来的宝宝？我寻声望去，发现在我身后，站着一位瘦瘦高高的爸爸，还有手持婴儿包的妈妈和手推婴儿车的奶奶，那爸爸的怀里正抱着一胖宝宝。呵，老二也来送考啦！那阵容，真叫一个"庞大"呀！我朝那宝贝嘿嘿一笑，正欲走过去搭讪，他们一大家人已浩浩荡荡离开啦。

这时候，最活跃的是那些培训机构的业务员了。他们有的手持小团扇，有的怀抱宣传单，有的身背资料袋，灵活地穿梭在人群中，边发放礼品边递宣传单，口中时有"祝您孩子高中"的吉祥语。不一会儿，我就拥有三把扇子，两个手提袋，一叠宣传单了。

渐渐地，考点门口的人们被疏散了不少。老公拉着我离开，他要带我去他朋友的办公室套房休息。中午，他朋友已经安排好阿姨准备午饭了。托小明的福，这个周末我坐享其成啦！

我很享受这样的送考呢。

家有神兽

早上起来。看到小明已坐到电脑前了，其实在发呆，房间里乱乱的。

做好早饭，问他，他说现在不吃。

又过一会儿，我看不过，煮了几个汤圆喊他，他仍不理睬。

这一大早，我招谁惹谁了，他的情绪那么大？

老公从他房间清理出几双袜子，愤愤地给我看。

我说："怎么办呢？没有生活能力哎！以后要伺候他多久啊！"

老公说："以后我才不管呢！"

"哼！"我愤愤地扭头。

我朝楼上走，抬头间，小明正站在门口偷听我们讲话，他一脸坏笑地看着我，兀自下楼去厨房找早饭了。

我立刻满脸堆笑："小明，再煎个鸡蛋给你吧？刚才是你爸爸扫出来的袜子，你放心，高中毕业前我们依然为你服务好。"

他白了我一眼，又朝我撇撇嘴。

伺候他吃完了早饭，他继续上网课，我也回到书房，闷闷地。

无聊中打开了手机，翻开了家长群。呵，一条条短信记录跳入眼帘。

"啥时候开学呀？神兽在家，感觉，我们这些饲养员快要崩溃了。"深有同感啊！

"是啊，惹不起也躲不起啊。"真的如此。

"我家也是鸡飞狗跳，还经常上演断绝关系——复合——再断绝。"

"咋感觉听话的都是别人家的孩子。"原来家家都这样呀。

"是啊，不知道什么时候才懂事啊，上大学之后会好些吧。"

"有时刚刚发过狠不管他，一转身水果又切好端过去了，发现自己特没骨气。"

"刚刚发誓不管了，人家那边喊一声：妈妈，煎个牛排。马上屁颠屁颠地去了。"

……

我越看越乐，这才知道，我绝不是孤军作战，我战壕里战友众多哈！

接着往下看吧。

"这种日子很快结束，以后想吵都找不着机会了"不知谁转了话锋。

"珍惜这种日子吧！到大学就没有了，说不定还怀念呢。"

"我现在开始讨好儿子了，说不定以后连面对面说话的机会都不多呢。"

"各位妈妈，不要急，想想一年半后我们就是空巢老人了，有人吵架还是好的。"

"盼望着！盼望着！！盼望着神兽能早点出笼，回归大自然。"

"我们是勤务兵，熊孩是战斗兵，等到战斗顺利结束，他们下战场的那一天就是我们退居二线的时刻了。"

……

看着看着，心中涌起另一种情感，如潮水般渐渐袭来……

我坐不住了，迅速起身下楼，削了一个芒果上来。

轻轻推门进去，他正在电脑前做笔记。

"妈，你一会儿冷若冰霜，一会儿热情似火，我不适应哩！"

少年心事

早晨七点钟，我敲开小明的房门。我看他穿着一件黑色的短袖 T 恤，呆坐在床上。（注：2020 年春，疫情肆虐，孩子们都在家上网课）

我说："小心着凉，我下楼做早点去，你等会儿下去吃饭吧"。等我做好饭，再喊他，他没有反应。

等我再上楼时，见他已经坐在书桌前了。他指着电脑向我摆了摆手，我无奈退出房间。

十点钟时，我倒了一杯水给他。他无声地接过杯子，看了我一眼。在我和他对视的那个瞬间，我分明察觉到了他眼神中的失落和恍惚，似乎透着哀怨和无奈，还有一种不易察觉的伤感，全然不像平日里活泼开朗的小明。

我抚摸他的肩和背，他无力地推开我，又兀自摇了摇头，依然无语。

凭一个母亲的敏感，我知道他有心事，他是在经历感情的折磨吗？

午饭时，我察言观色，他的神情依旧迷离。我半开玩笑地问道："小明，看你魂不守舍的样子，是和女孩子闹别扭了？还是经历感情的折磨啦？"

他不置可否地看着我，又低下头去。

我正想和他说点什么，便道："还记得歌德吗？讲讲他的故事给你听吧。"

少年歌德在维兹拉小镇第一次遇见了夏绿蒂。那是一个清纯绝美的女孩子，身着飘逸的白衣白裙，胸前装饰着粉红色的蝴蝶结，那是豆蔻梢头二月初的娉婷，少年歌德怦然心动，他不顾一切地向她表白。当他得知夏绿蒂是他朋友的未婚妻时，歌德的痛苦，你能体会到吗？失魂落魄的歌德逃回自己的书房，他经历了许多不眠之夜，许多次痛彻心扉的呐喊……他把所有的爱与恨，所有的悲伤与失望，所有的惆怅与迷茫，都浓缩在了《少年维特之烦恼》里。他从痛苦中挣扎着站了起来。

传说 40 年后，名满天下的歌德在魏玛又见到了夏绿蒂，她已经变成了身材粗壮形容憔悴的妇人，已是恍如隔世了。

这些年歌德不停地恋爱、失恋、写作，他经历过许多次感情的惊涛骇浪，在无数次痛苦的挣扎中，他成就了少年时期的《少年维特之烦恼》，成就了老年时期的《浮士德》。

人生不是因此而更加丰满了吗？

我悠悠地说着，不时瞄一眼小明的反应。

"妈，你想多了。"小明淡淡地说。

饭后，他转身走向楼梯。

"小明，少年心事当拏云呀！"

到了晚上，一切归于宁静。

再与小明对视，我们都无言地笑了。

究竟这两日他经历了什么，是感情的迷茫吗，或许，他只是发发呆？这不过是一个母亲的牵肠挂肚与胡思乱想吧？但不管怎么样。我让他知道了歌德，我完成了一个母亲的心愿。

（本文及《家有神兽》写于 2020 年疫情期间）

温　暖

温暖，一个多么有质感的词语。

小时候的冬天，屋檐上挂着长长的冰凌，早晨要去上学，母亲忙里忙外地做早饭，她总是把热热的馒头塞到我手上，让我喝了热热的粥，才放我出门，临走时她还用围巾把我裹得严严实实。苏北，清晨，寒风刺骨，但是我全副武装，一点儿也不感到冷。

放学时经过一条小小的巷子，有一个年迈的老爷爷推着一架小小的三轮车在卖烤红薯，味道也许并不那么好，可就是想要买一个，热热地握在手里，颤巍巍地剥开外皮，露出里面红红的心，咬一口，一股暖流从嘴里一直烫到心里。

和男朋友谈恋爱那阵子，晚间常到校园外散步。有一日，他站在我面前，神秘地说："把手伸过来——"我看着他从身后取出一副手套，慢慢戴到我的手上，"保准你冬天手不冻了。"哈哈，他不送浪漫的玫瑰花，却给我温暖的手套，果真是个会过日子的人呐。至今我还记得那是墨绿色的毛线手套，柔柔的，软软的。

结婚后，我和他周末一起去农村老家。临走时，婆婆踮着小脚，从内屋取出两条用红纸封着的年糕，递到我的手中，我正纳闷呢，老公解释道，"这是妈让我们步步高升呢。"我接过红红的糕，心里美滋的。虽然，我职业生涯中官至班主任就封顶了，那又有什么关系。

"郭女士，有你的快递，麻烦你到传达室取一下。"刚下课我就接到了电话，心想，我网购从来不寄到学校啊？我信步到门口，只见快递小哥手捧一大束鲜花，笑盈盈地站在传达室里，我诧异地接过鲜花，见上面插着一枚心形的标签，一张小卡片嵌在中间，打开，"妈妈，生日快乐，永远美丽！——你的小棉袄。"原来，上大学的女儿要给我一个惊喜，她特意安排在上午大课间时请人送来的。

手捧鲜花，如走在红地毯上一般。

儿子假日里去上海迪士尼游玩，疯玩了几天后回家，我趁机告诉他："收心了，该踏实学习了。"我边帮他收拾东西，别听他讲这几天的经历，只见他从包里拿出一个小小的盒子递给我，略带羞赧地说："妈，在游乐园买的，你看合适不？"我接过盒子，打开，细细的白链子，中间缀着一匹小马，也就是时下初中小女生喜爱的饰物，有些稚嫩，有些粗糙。可是这是一个十几岁的少年的一份心意呀，平日里我不经常埋怨他不懂事吗？

……

平凡如草芥的你我，细细品味那些温暖，会感觉人间真好！

樱桃树下

"看，樱桃树！"老公叫了起来。

平日在小区散步，却没有在意这株茂密的樱桃树。翠绿的叶子生机勃勃，每片都能看到清晰的脉络，叶片正面光滑，背面似有细小的绒毛，它们在风中摇摆，像一面面多情的扇子。粉色的樱桃，圆润饱满，一簇簇，一串串，你挨着我、我挨着你，热热闹闹、亲亲密密的挤在枝头。那粉色晶莹剔透，在阳光下闪烁，仿佛每一粒樱桃里面都藏着一个童话。

我出神地望着眼前的樱桃，恍然想起了县城老家的院子里，也有过一株樱桃树的。

那是一栋两层楼的洋房，当初，先生的哥嫂选中这房子买了下来，把乡下的公婆接过来住。楼房和前面过道中间，有一个方方正正的大院子，院子西面是红砖砌成的花坛，花坛里，春有月季，夏有海棠，秋有菊花，冬有腊梅，最显眼的当数那株樱桃树，是公公婆婆搬进房子时手植的。

有两位慈祥的老人住在洋房里，顿觉房子温馨而祥和。每逢假日，院子便成了孩子们的乐园。

樱桃树旁有一张藤椅。早饭后，婆婆便坐在藤椅上，看院子里孩子们玩耍。

我家小明和二姑家的孙女莹莹，这对小伙伴是常驻大使，只见他们各自骑着自己的小自行车在院子里穿梭，车技一般，他们一前一后骑得飞快。藤椅上的婆婆先是笑盈盈地看着他们，后来他们脚下生风，越骑越快，婆婆有些紧张了，口中叫道："娃儿，慢着！慢着！"谁知两个孩子听了，骑得更欢了，飞舞的身姿把婆婆的眼睛闪花了。

"咕咚！"骑了几圈后，体力不支的莹莹摔了下来，婆婆立即拿起拐杖，颤巍巍走来，莹莹坐在地上，"哇"的一声大哭起来。小明见状也停下车，站在原地喘着粗气。

婆婆伸出一只手，把莹莹拉起来，牵着她，边哄边说："娃儿，不哭了，太太摘樱桃给你吃。"

"噢，吃樱桃喽！"两个孩子顿时欢快地跳了起来，莹莹脸上还挂着泪珠。

婆婆的腰是弯的，她够不着树上的樱桃，于是，她从院子墙角拿出一个带挂钩的竹竿，对准一串红熟饱满的樱桃，轻轻一打，两个孩子在树下张开双手，稳稳地接住了樱桃。就这样，他们连续打下几串，两个孩子就坐在院内的小凳子上，一粒一粒地吃起来。

吃足了，他们抹抹嘴，跑进屋里，打开了电视机。婆婆坐在沙发正中间，两个孩子一左一右，他们爱看《还珠格格》，还爱看《西游记》《哈利波特》。

傍晚时分，大人们陆续归来，也有带着更小的孩子过来的，大家先要到树下，踮起脚采两串樱桃送入口中，再把方凳搬到院子中，围坐在老人的藤椅旁，把菜从厨房拿出来，边理菜边聊天。

人多的时候，吃饭时干脆把厨房的八仙桌也抬出来，孩子和两位老人坐在凳子上，大爷，姑姑妯娌们站在外围，十几口人热热闹闹地吃着饭。

其实，子女们大都住在县城，在老家吃饭的时候并不多，可大家下了班，总要过来绕一圈，买来水果，带来点心，围着老人，聊聊家常，摘两串樱桃，扫一扫院子。

我突然明白了陈红那首《常回家看看》，为何一夜之间唱红了大江南北。

"老人不图儿女为家做多大贡献呀／一辈子不容易就图个团团圆圆……老人不图儿女为家做多大贡献呀／一辈子总操心就奔个平平安安"，是啊，温暖的旋律唱的不就是百姓的生活吗？

后来我们搬到了南京，回老家便成了我的一个企盼。每逢暑假，我和老公都带着一对儿女，回去住几天。踏进家门的那一刻，心里是那么踏实，那么轻松，那么安静……守着屋子里安详的老人，摩挲着那粗糙却温暖的手背，数着她腕上粗粗细细的镯子，看着樱桃树婆娑的树影，叶片间投下的细碎的阳光，任时光这样悠悠而缓缓地流过……

然而，有几年，我再没有回到那个院子了？

是从老人离去之后吧，老人不在了，老家也就不在了。

那个院子呢，那株樱桃树呢？

那树下的欢声笑语呢，那记录孩子们成长，承载着一家人温馨祥和的往事呢?

　　飘零到了何处?

　　直到这一日,在小区,看到了一株樱桃树,一粒粒樱桃,如岁月的点点滴滴,又如潮水般地涌来。

过 年

盼望着，盼望着，元旦过后，新年便在眼前了。

空气中氤氲着年的味道，县城的大街小巷变得异常繁华，临时摊点、移动推车越来越多，平时不常见的红枣年糕、炒米糕、花生糖、山芋干……现在都摆出来卖了。还有捏糖人的坐在街边，已被孩子们团团围住，只见他挥手几下，变戏法一般，孙悟空、猪八戒的形象赫然而出，孩子们拿在手上，根本舍不得吃。更有那些卖年画、对联、剪纸的，满满占据了县中门口的一条街（学校放假了，不再交通管制）。

现在过年，我们不必去乡下了，因为公公婆婆已搬进县城的洋房住了，洋房两层楼，还有一个方方正正的大院子，那地盘便是我们的根据地。

寒假期间，老家甚是热闹，孩子们全来了。有在沙发上看电视、吃糕点的，有在院中骑车耍拳的，还有拿出小板凳直接打牌的。过年这几日，他们不用学习，不用听从大人使唤，可以尽情放松随意玩耍。

提前几天，乡下的姑姑就送来了鱼、肉、香肠等，挂在院中，像是饭店门口的招牌，煞是壮观！大嫂、二姐每天去市场，时鲜蔬菜，豆制品，海鲜干货，逐一采购。大白菜、冬瓜、韭黄、蒜苗、红萝卜……整整齐齐地码在厨房里，猪肉羊肉牛肉、豆腐、素鸡、平菇，放进冰箱备用。

我则喜欢买糕点水果。老人爱吃米糕、桃酥，孩子爱吃薯条。还有待客的苹果、橘子、瓜子糖果，诸如此类。

买好后我先交给婆婆，孩子太多了，她要先收好，然后按天分发。

除夕那日，大家分工合作，妯娌们把大盆端到院中，把蔬菜洗净，归类，姑姑把鸡鸭鱼剖好，剁块，再备好葱、姜、香菜，分门别类放在碟子里。小姑爷在部队时做过司务长，大家一致推举他掌勺。等大家全部准备好了，大厨系上围裙，挥勺工作，只见他有条不紊，不一会儿，牛肉白菜、辣子鸡、茨菇烧肉、红烧鲫鱼、炖肉元、油焖大虾便出锅啦。

我们过年用的是饭店里的大电饭煲，早已煲好了一锅饭，另外又在另一大锅里烧羊肉汤，放在炉子里慢慢炖。

虽是冬日，这天却阳光明媚，无一丝风。于是，大家把厨房的长方形八仙桌搬到院中，端来方凳，桌上摆好冷盘，放好酒杯、碗碟，等热菜炒好后，一起端上八仙桌。老奶奶带着孩子们坐在方凳上，一圈大人站在外围。

酒宴开始，我们手捧红酒，逐一敬老人，每家都是孩子代言，说祝福语。酒过三巡，我转身来到厨房，再用大火快炒几个蔬菜，香菇青菜，韭菜鸡蛋等，过年时，蔬菜是最受欢迎的。

饭后，姑姑们快速收拾好杯盘碗碟，现在是贴春联的时刻了。文具店里的胶水根本不够用。于是，外甥便用一只小奶锅倒上面粉熬成糊状，用它贴春联最环保。有几幅春联是老公和他哥哥当场挥毫写成的。

这时我会把孩子们召集起来，不失时机地教他们如何读春联，诸如上联在右，下联在左。还有平仄对仗等等，还会让他们观察，周围人家有无上下联贴反的。女儿这时来了句："妈，你又给我们上课啦！"说得孩子们一哄而笑。

午后，阳光依然明媚，我建议在院子里拍一张全家福，提议一出，即刻得到大家一致赞同。我们挑选了院中楼梯旁的一段墙，作为背景，阳光照在墙上，斑驳的墙面更有一种古朴的韵味。

婆婆身着大红棉袄端坐正中间，兄弟姐妹分坐两旁，孩子们小的挨在大人前面，或蹲或坐，年轻人则站在第三排。摄影机架好，焦距对准，时间设定好，大家各就各位，齐喊"茄子！"咔嚓一声，镜头定格。

瓜子、花生、糖果、薯片，早已摆在了沙发前的茶几上，我扶着老人进屋坐下，电视机里正放着宋祖英的《好日子》。孩子们外出玩耍去啦，我喜欢守在老人身旁，剥一粒糖放进老人嘴里，我摸着老人那粗糙却温暖的手臂，梳理她稀疏的头发。我觉得我是大人，她是听话乖巧的孩子……又恍然想起第一次见到她的情形，那时，她就腰弯如弓，鬓发如银了呀！如今她更轻，更瘦，更小了，可是她特别的干净，身上散发着一种柔和的芬芳。

我把红包数好，分成两沓，放到她手里，说道："妈，这大的红包是给孙子辈的，这小红包是给重孙子的，还有明天邻居孩子也会过来给你磕头，你每个人都要发红包哦。明天我要把你打扮得美美哒！"

初一早晨，一阵爆竹声响过后，纷纷扬扬的红色纸屑落满院子，像是铺了一层红色的地毯。老人坐在院内的藤椅上，孩子们逐一过来磕头拜年，手里举着红包，那情形，极像皇上接受文武大臣的朝拜。

回到娘家，母亲饶有兴趣地听我讲述过年的故事。

输液室里

　　我拿着单子来到护士办公室，一位护士接过来，她柔声让我坐下，动作麻利地我为扎上了针。她见我是一人来的，就帮我提着盐水瓶，穿过输液室的过道，安排我坐下，她又去照顾别的病人了。

　　平日里太忙碌了，很难让自己停下来。这次恰是因为生病，匆忙的脚步暂时安静下来。现在，我坐的是一个安静的角落，正好静观人间百态。

　　虽是晚上，输液室的人依然很多。几位衣着洁白的护士小姐，穿的都是软底的布鞋，她们步履轻盈地踱来踱去，时而俯下身子问候几句，时而伸出手来调节一下滴管速度。他们换水的时候特别小心，对病人会多问几句"你叫什么名字？多大了？"其实，每个人的瓶子上都写着呢，但是她们还要仔细确认一遍。几个小姑娘给我的感觉是温馨美丽而亲切……恍然想起了几年前我生病住院，病房里替我养花的那个小护士，那花还是女儿来送给我的呢，转眼四年了，日子过得好快呀。

　　说到那花，我想起来了，花的名字叫"一帆风顺"，是女儿从上海赶回来时，专程去花店买的，那花儿寓意多好！还有，我做手术的那个时段，老公和妹妹建平焦急地等候在手术室外，手术完的几个小时，他们一直要把我叫醒，我当时直想昏睡，真不想理他们。后来才知道，那是医生吩咐的……那个晚上，疲惫的老公就躺在我病床边的躺椅上……

　　我眼睛有些湿润，我不由得闭上了眼睛，昏昏睡去。

　　……

　　我被一阵热闹的谈话声吵醒，原来那是一对陪女儿挂水的老夫妻，他们正和邻座热火朝天地聊着。从他们口中，我补了好多营养学知识。什么肉最有营养，什么季节吃什么蔬菜，什么时候健身最好……我可长见识了！

我左前方是一对中年夫妇，那丈夫堪称模范，虽然他老婆面无表情且相貌不敢恭维（也难怪，人家病着呢），那丈夫却殷勤而周到，竟然拿着一只暖宝宝放在她挂水的手下，给生病的老婆理了理头发，还把风衣轻轻盖在她身上……简直是秀恩爱的节奏！

我看着刚赶来悄悄坐在我身边的老公，他不会秀恩爱，只是安静地坐着。我看他脸色有些憔悴，因为他上了一天的班，又回家做饭给儿子吃，接着还要来医院看我。

我朝右边望去，看到对面是一对母子。儿子大约十八九岁，浓密的头发，戴着口罩，面色凝重，一言不发地坐在椅子上。偶然看到妈妈给他挪动口罩，用软纸巾擦拭，虽是极短的一瞬，我还是窥到了，他的嘴巴竟然肿胀得翻了出来！我的心立刻揪了起来：他这么年轻，究竟怎么了？

那位母亲，是中国最典型的母亲，她大概四十多岁，衣着朴素，没有围丝巾，头发随意扎在脑后，她围着儿子忙来忙去。时而理理儿子的头发，时而按按儿子的肩膀，时而看看输液的速度，时而收拾包里的杂物，时而拿起手机来低声打电话……等这一切都做完了，她就目不转睛地盯着自己的儿子，一动也不动。

这是怎样的一位母亲啊，我恍然想起了史铁生的《秋天的怀念》，史铁生说过他的母亲是世上最苦的母亲。

我的头又眩晕了起来，哦，我忘了，我自己也是病人啊。

……

水终于挂完了，我们走出医院，我扶着老公，这次他没有挣脱，任由我拉着他的手，一步步走下台阶，上车回家。

因为爱

（一）

"爸，特殊时期（注：2020 年疫情），你再多留几只口罩给家里吧。"女儿带着哭腔央求道。

（注：2020 年的这个春节，新冠肺炎肆虐中国，村封了，城封了，所有人都必须待在家里，不许走动！可偏偏这时，三姐夫突发脑梗住院了。）

"我知道。可我们不出门，相对安全，他们家在医院，交叉感染的机会多。"老公口中应道，拿口罩的手却没有停下来。

我看着他把家中仅有的两包口罩都拿了出来，放进了手提袋里。

"爸 我们家有四口人，也要生活，也要防护呀！现在各种渠道都买不到口罩了。疫情又不知道什么时候结束……"

"行了！"老公做了一个打住的手势。

"爸——"

"他们家更需要口罩，越是在这个时候，口罩越要给他们。我不用都可以，你不要那么任性，小气！"

我转脸看着女儿，她的泪夺眶而出。

我说："那你，我们……"

小明站在原地，一言不发。

"都别说了。"老公戴上口罩，换好鞋子，消失在夜色里。他去给住在省人民医院的三姐夫家送必需品去了。

一家人陷入了沉默中……

我和老公一夜无话。

第二日，女儿迟迟没有走出房门。

午饭时，一家四口人又坐到了一起。

我看到女儿眼角有些泛红。

我正尴尬，老公说话了："璐，对不起，昨晚上我向你发火了。平日里我脾气有些急躁……"

我看到两滴清泪从女儿脸上落下。小明赶紧给姐姐递去一张纸巾。

女儿拭去泪水，缓缓说道："爸，昨夜我想了好久，我终于理解你了。我们陆家是个大家庭。多少年来我们和睦相处。你和大爷，小爷兄弟三人，为全家做出了多大贡献呀。平日里的关心自不必说，每逢过年，你们都带着礼物，去各家拜访，嘘寒问暖，尽己所能帮助大家……你的付出，我们小辈看在眼里，记在心上……"

我吃惊地望着女儿，老公也愣住了。

她继续说："自三姑爷生病以来，我知道你坐卧不安，要竭尽全力地帮助他们。你肩上有责任，有压力，这我看得见。我只想到我们小家，你的境界，我只能仰视……"

女儿又哽咽了。

我站起身，搂住女儿的肩，轻轻扶着她的背。

一时大家都语塞了。

……

"姐姐，你一向是一个大方的人，特殊时期，你昨天不是为自己，而是为我们一家四口人着想的。我知道你对家人好，爸爸要把口罩给三姑爷，他们更需要，都能理解的……"平日里寡言的小明打破了沉寂。

我把目光转向老公——这个平日里不善表达爱的男人。我看到了他的眼神，是复杂的，是动容的。我似乎能感受到那心中泛起的涟漪……

他站起身，拍着女儿的肩："璐，你长大了！爸爸谢谢你对我的理解和爱。小明，你也懂事了。"听着他一字一句的表达，我有些怔怔的。

午后的阳光透过明净的玻璃窗照进餐厅，照在每个人的脸上。

因为爱！

（二）

"哎呀，时间不早了，我们快点动身吧！"我喊了起来。

午饭时，大家只顾说话，我猛一抬头，看到墙上的时钟已过 12:40 了。女儿要去南站，乘 13:20 的高铁回上海。

时间太紧张了。

"好，你先去车库启动车子，我们拿上行李，马上下去。"老公应声对我说。

我拿起车钥匙出门，启动，移车出位。

很快，他们到了车前，小明打开后备箱，把行李放上去，和姐姐道别。他下午要在家上网课，不去送了。老公已经和女儿上了车。

好在疫情期间路上车子很少，我们的车在路上撒欢似地向前奔。

我想让女儿提前十分钟到达南站。南站太大，十分钟之内上高铁也算是动作迅速的。

时间一分一秒地过去，去南站的路，以前我常走错。此时，我手握方向盘有些紧张。

应天高架畅通无阻。我目不转睛地望着前方。车载导航此时偏偏和路标不一致。

"跟着路标走。"老公说。

"哦。"我谨慎地开着车。

车子很快到了卡子门，前方岔路多了起来。

我盯着路标开。

眼看着路标，手握着方向盘，却偏驰向了另一条路。等我回过神来，车子已开过去好远！

"你！"老公喊了一声，分明是要发火的节奏。

车里气氛立即紧张起来，我和女儿大气不敢出。

"你刚才走神了吧？"他语气缓和了些。

女儿反应快，她迅速把手机导航打开，递到前面。谁都没有再说话。

小绕了几条路。很快回到正道上来了，大约耽误了五六分钟。

　　我再看时间，是 13:07。我看到南站的大牌子了。13:09 车子停在了送站坪下。老公和女儿迅速跳下，老公拿出行李，女儿接过行李，飞奔向过捡口。

　　只有六分钟了，我的心狂跳不止。我把车开到路面，靠边停下，盯着手机，我要等等，要等女儿的消息。

　　13:17 女儿发来了短信："放心，我坐到座位上了。"我终于长长舒了一口气，心跳趋于正常了。

　　傍晚，女儿打过电话来："妈，你知道吗？那一声'你'把我也吓了一跳。可我分明看到了爸爸在努力克制自己，这是他以前所没有的。你要珍惜啊，因为爱呀。"我怔在那儿，回味女儿的话。

　　我把脸转向院外。老公正在假山对面的鱼池边喂鱼。夕阳照着他的背影，暖暖的。

一起走过

从玉泉到石城，我们一起走过。

第一次见到你们，端详那一张张稚嫩的面庞，上面写满好奇、憧憬与期待。顿时，我心中充满着爱与责任。

怀揣着炽热的情感，我引领你们翻开人生崭新的一页。

怎能忘记，骄阳似火的军训场上，我和你们一起挥汗如雨；窗明几净的阅览室内，我和你们一起徜徉书海；小报展评中，我和你们一起欣赏并陶醉；成果展示时，我是你们最忠实的评委和观众；生动诙谐的课堂上，我和你们共同享受"云淡风轻近午天"的惬意，高歌"长风破浪会有时"的豪情；茵茵运动场上，我和你们齐声呐喊，为奋力拼搏的健将助威；静悄悄的午休时，我尽量放缓脚步，唯恐打扰你们短暂的休息；打扫卫生时，我和你们一起动手，"一屋不扫，何以扫天下"。春日踏青，秋日登高，我们开怀畅谈。尽情享受大自然的恩赐……

三年光阴，转瞬即逝，回首往事，几多欣慰。因为有你们 —— 一群纯真烂漫，朝气蓬勃，淘气又可爱的孩子，我的职业生涯充满了青春的活力。

分别在即，我们会带着这份眷恋，留着这段真情，踏上新的征途。

祝愿你们挥鹏展翅，翱翔蓝天！

不要忘记，母校的辛勤培育；不要忘记，对你们寄予厚望的殷殷师长……

常回来看看。

（注：南京市第 29 中学 2012 届 8 班《走过青春岁月》刊首语）

还会忆起

当教室外长廊上紫藤萝垂下如烟的瀑布，
你是否还会忆起，
忆起第一本发黄的练笔，
开学初的日子里，
想要用工整的字迹给老师留下最好的印象？

当玉泉池边的大树上知了在声声唱个不息，
你是否还会忆起，
忆起初二的生物地理小中考，
每个人都在汗流浃背地突击，
想要在中考前一鸣惊人？

当秋风送爽袭来丹桂的清香，
你是否还会忆起，
忆起老师姗姗来迟的秋游的消息，
大巴车上的那几位，
已迫不及待席地而坐玩起了游戏？

当寒风吹起雪花漫天飞舞，
你是否还会忆起，
忆起教室内温暖的气息，
大家手舞足蹈窃窃私语热闹无比，

只一声"老师来了"顿时全班变得悄无声息？

读书的岁月总那么漫长，
定义公式化学方程单词句型练笔作文……
临别的日子却悄然而至，
曾经的抱怨曾经的彷徨曾经的不谙世事，
都已化作离别时晚风短笛。

纵使雁过了无踪迹，
纵使花谢花飞遍地，
我们都还会忆起，
我们曾经的校园，
我们曾经的八班……

校园小景

这是一个小雨润如酥的春日，空气晴朗而湿润。幕府校园内，正对大门的是一尊高大的孔子铜像，万世师表的形象增添了校园的文化底蕴。此刻，校园静谧安详，孩子们都坐在教室里专注地学习。

我来到图书馆一楼的办公室，坐下，望着窗外。窗户是落地的，可以一览全景。正对窗外的是两株梨树。一株的枝干是油亮的褐色，枝上的芽儿涨得鼓鼓的，里面透着或嫩黄或暗红的苞儿，仿佛风一吹，它们就要绽开似的；另一株呢，等待不及它的同伴，已经盛开了一树的梨花，一朵一朵的，簇拥在一起，那洁白便如一团轻云了。微风吹来，阵阵轻颤，那雨珠还挂在花瓣上呢。难怪，人们形容娇美的女孩子落泪如"梨花带雨"呢。因为它轻盈，因为它洁白，因为它在雨中绽放，故有"雨后清寒，风前香软，春在梨花"之句。这梨花恰在我的窗前，又想起那"雨打梨花深闭门，忘了青春，误了青春"的句子，我想改成"雨打梨花轻推窗，忆起青春，不觉销魂"了。

正出神地望着那树轻云，寂静的校园随着铃声喧闹了起来，已有孩子结伴到图书馆来闲逛了。他们会坐在走廊里的沙发上，或聊天，或嬉闹，或翻阅报刊。

"咚咚咚！"敲门声响起来了。"请进！"随着磨砂玻璃门推开一条缝，一个圆脸男孩探进头来，忽闪忽闪的眼睛里满是期待。"老师，我想当志愿者，可以先在你这儿预约吗？我们班好几个同学都想来。"原来，他们是初一的同学，午休时有时间。这已是第三波报名图书馆志愿者的学生了。我说："好吧，我们虽然有管理员，但还是欢迎你们。先登记一下班级姓名。这周已经约满了，下周二开始，每天两人值班。""耶！谢谢老师！"躲在他身后的那几个学生也跟着欢呼了起来。

图书馆是他们紧张学习之余的放松之地，更是他们校园生活的一方乐土。

比起鲁迅的百草园，这儿虽无碧绿的菜畦，光滑的石井栏，高大的皂荚树，紫红的桑葚。但是这儿有阔绰的沙发，精致的茶几，洁白的书桌，葱郁的绿植，更有浩如烟海的图书。

在这儿，他们尽情享受着这窗明几净的环境，享受着这宽松宜人的空间，享受着这书香的气息，享受这难得的休闲时光。还有，能帮着老师整理图书，得到老师的肯定与赞美，又能多看一会儿书，可谓"名利双收"啦，何乐而不为呢？

……

正想着，上课的铃声又起，窗外的春雨仍淅淅沥沥的，滋润万物，也滋润着每个人的心田。

不服输的你

你是我们班坐在第一排的男生，黑红的面庞，短而直竖的头发。

我渐渐发现，在学习上你是一个不服输的人。

开学没几天，我们学完了《春》，我要求孩子们分两天背诵完课文，第一天背前五段。

课间，午自习，同学们纷纷来背书，我查了一下，只有两个同学没过来，其中一个是你。放学时我问你情况，你羞赧地说："老师，不好意思，我昨天作业做得晚了，我现在还不会背。你让我再准备一个晚上，明天我保证全文背出来！"我有些疑惑，说："全文太多了，你还是再分两次背吧。"

"不，老师，我已经落后了，我一定要赶上去！"

我看着你的眼神，是诚恳而坚决的，于是我点点头，说："祝你好运！"

第二天，我正在办公室批改作业。"报告！"响亮的一声从门口传来，我一抬头，你正站在我面前。

"老师，我背书！"

于是你笔直地站立着，大声而有感情的背诵《春》，一段、两段……你流畅地背着，你的声音感染了办公室的其他老师，大家都停下手中的笔，微笑着看你。还剩最后三段了，你有一处打结，我正要提示你，可你立刻向我摆手，做出制止的手势。我知道你的执着！你稍加停顿，又恢复了原先的流畅。你一口气背完了全文！

我看你耸了耸肩，长长地舒了一口气，在我的喝彩中轻松地走出了办公室。

你就这样努力地学习着，虽然底子弱了些，但那不服输的精神，让你一步一个脚印，与同学们的距离越来越短。

月考时，你的成绩只是中等。课上我在评讲试卷，我看到你全神贯注，边听边做笔记，生怕漏掉任何一个知识点，可是你写字比别人慢。有一道题我看大家笔记都写完了，我欲擦黑板，却看到了你着急的眼神，我有些犹豫，但给你递了个眼神后，还是继续往下讲了。我知道你懂我的眼神。你迅速调整自己，又跟上我们的节奏了。

下课了，我没离开教室，你一个箭步走上讲台，"老师，刚才我有一题还没完全搞懂，你看，是这儿。"我欣慰地笑了，我就知道，你一定会把这道题搞清楚的。

我细心讲了一遍，你恍然大悟，"老师，我终于懂了！"那声音很响亮，让课间玩耍的同学不由得侧目而视。

"老师，我这次考得不理想，你能再给我一张空白卷吗？我想重新做一遍。"

"好！"我爽快答应了。我爱你的这份执着。

第二天试卷交上来了，工工整整，一板一眼，那份认真着实让我吃惊。

……

俗语"天道酬勤"，期中考试如期而至，成绩揭晓了。你以全班第 10 名的成绩，稳稳地前进了一大步！

我在班上隆重表扬了你，我看你腰杆挺得笔直，微笑着接受同学们的祝贺。

你依然坐在第一排，依然专注地听着课。

祝福你！带着那股不服输的劲儿，在学习的路上，奔向美好的明天吧！

那一堂课

在那山茶盛开、绿柳拂风的鬼脸城下，在那"春水碧于天、画船听雨眠"的秦淮河畔，有我们的石城校园！

校址举迁前，我和孩子们在那儿共度了三年的时光。岁月流逝，花开花谢，有些记忆却如溪流下的鹅卵石，颗颗清晰圆润。捡拾几枚，细细端详上面的纹路，忆起那些点滴的岁月……

刚上初一的孩子们稚气未脱，聚在一起就像鸟儿般喳喳叫个不停。适逢我上到"关爱动物，善待生命"这一单元，最后一篇《狼》学完后，我设计让他们研究动物，进行一次语文综合性学习。

为了提起他们的兴趣，我让他们看电影《狼图腾》，又搜集了好几篇图文作为资料，推荐给他们。课上我朗读《狼行成双》。它讲的是一对狼在寒冷的雪天因饥饿所迫，潜入平原觅食……

听着我的朗读，孩子们渐入佳境。

我读道，"他们在风雪中慢慢走着。他和她，他们是两只狼。……他的风格是山的样子，她的风格则是水的样子。"

是的，这是天地间多么和谐自由而高贵的生命啊，宇宙洪荒，给予他们灵性，给予他们生存的空间，他们属于莽莽无边的森林，他们是和人类保持距离的平等的生命！

他们因饥饿所迫，去寻找果腹的食物，灾难从此降临。他误入村边的枯井，她拼尽全力相救……

我继续往下读，"他的嗥叫是那种报警的，他在警告她别靠近井台。要她返回森林，远远离开他。他的脊梁被打断了，他无法再站起来。"我看到孩子们屏住呼吸，瞪大了眼睛。

我缓缓地读下去"那两只狼,他们一直试图重返森林。他们差一点就成功了。他们后来陷进了一场灾难。先是他,然后是她,其实他们一直是共同的。现在他们当中的一个死去了。他死去了,另一个就不会再出现了。他的死不就是为这个么?"

子弹击穿了他的脊椎,求生已无望。为了让她逃回深林,他发出了一阵阵凄厉的警告,当警告一次次被她拒绝后,他毅然决定:用自己的死换回她的生!于是他用头猛地撞上井壁!

讲台下孩子们鸦雀无声。

"两个少年回村子拿绳子(取井下死去的那只狼)。但是他们没有走出多远就站住了。她站在那里,全身披着银灰色的皮毛,皮毛伤痕累累,满是血痂。她是筋疲力竭的样子,身心俱毁的样子,因为皮毛被风儿吹动了,就给人一种飘动着的感觉,仿佛是森林里最具古典性的幽灵。她微微地仰着她的下颌,似乎是轻轻地叹了一口气,然后,她朝井台这边轻快地奔来。"

好一个"轻快地奔来"!是实现了和相爱的同伴共生共死的夙愿吗?是爱过了,恨过了,竭尽全力过了之后,最终直面生死的绝望与坦然吗?我的声音哽住了,我也听到了台下的啜泣声……我不敢看同学们,我背过脸朝向黑板。

这时,我感到前排的一个男生快步上前,他手里拿着一包面巾纸,迅速抽出一张递到我手中,又迅速回位。

他递过纸巾的那一瞬间,我即刻调整了情绪,我回转身体,坚持把文章读完。

下课的铃声已响,孩子们依然安静地坐着,眼睛里闪烁着晶莹的泪花。

窗外,一对鸟儿凌空掠过;远方,一阵乌云笼罩在秦淮河的上方……

那一次,是我们第一次语文综合性学习。孩子们浮躁的心沉淀了下来,他们用心去思考,用智慧去探索。每个小组都呈上了最美的成果,有图有文,更有一颗颗审视自然,敬畏生命,忘我探索的心。

那一本本册子,我至今还珍藏着。

附《狼行成双》

他们在风雪中慢慢走着。他和她,他们是两只狼。他的个子很大,很结实,刀条耳,目光炯炯有神,牙爪坚硬有力。她则完全不一样,她个子小巧,鼻头黑黑的,眼睛始终潮润着,有一种小南风般朦胧的雾气,在一潭秋水之上悬浮着似的。

他的风格是山的样子，她的风格则是水的样子。

他是在他还是少年的时候就征服了她的。然后他们在一起相依为命，共同生活了整整九年。这期间，她曾一次一次地把他从血气冲天的战场上拖下来，用舌头舔净他伤口上的血迹，把猎枪的砂弹或者凶猛的敌人咬碎的骨头渣子清理干净，然后，从高坡上风也似的冲下去，去追捕獐獾，用獐脐和獾油为他涂抹伤口。做完这一切后，她就在他的身边卧下，一动不动。但更多的时候，是由他来看顾她的。他们得去无休无止地追逐自己的食物，得与同伴拼死拼活争夺地盘，得提防比自己强大的凶猛对手的袭击，还得随时警惕人类。这真的很难，有时他简直累坏了。

他总是伤痕累累，疲于应战。而她呢，却老是在天敌之外不断地给他增添更多的麻烦。她太好奇而且有着过分快乐的天性。没有她的任性，他只会是一只普通的狼。

天渐渐地黑下去了，他决定尽快地去为她也为自己弄到果腹的食物。天很黑，风雪又大，他们朝着灯火依稀可辨的村子走去，自然就无法发现那口井了。井是一口枯井，村里人以黄棕旧雪披事先护住了井口，不经心地做成了一个陷阱。他在前面走着，她在后面跟着。他丝毫没有预感，待他发觉脚下让人疑心的虚松时，已经来不及了。她那时正在看雪地里的一处旋风，旋风中折断了的松枝在风的嬉弄下旋转得如停不下来的舞娘。轰的一声闷响从脚下的什么地方传来。她才发现他从她的视线中消失了。她奔到井边。

他有一刻是晕厥过去了。但是他很快醒过来，并且立刻弄清楚了自己的处境。他发现情况不像想象的那么糟糕。他只不过是掉进了一口枯井里，他想这算不得什么。他经过的厄运不知道有多少，最终他都闯过来了。

井是那种大肚瓶似的，下畅上束，井壁凿得光溜。没有可供攀援的地方。他要她站开一些，以免他跃出井口时撞伤了她。她果然站开了。除了顽皮的时候，她总是很听从他的。她听见井底传出他信心十足的一声深呼吸，然后听见由近及远的两道尖锐的刮挠声，随即是什么东西重重跌落的声音。

他躺在井底。一头一身全是雪粉和泥土。他刚才那一跃，跃出了两丈来高，但离井口还差着老大一截子呢。他的两只利爪将井壁的冻土乱挠出两道印痕，那两道挠痕触目惊心。她扒在井沿上，先啜泣，后来止不住，放声出来。

他在井底，反倒笑了。他是被她的眼泪给逗笑的。在天亮之前的那段时间里，她离开了井台，到森林里去了，去寻找食物。她捕捉到一只被冻得有些傻的黑色细嘴松鸡。他把那只肉味鲜美的松鸡连骨头带肉填进了胃里。他感觉好多了。他可以继续他的逃亡行动了。

这一次她没有离开井台，她不再顾及他跃上井台时撞伤她。她趴在井台上，一次又一次地催促他起跳。隔着井里那段可恶的距离，她伸出双爪的姿势在渐渐明亮起来的天空的背景中始终是那么地坚定，这让井底的他一直热泪盈眶。有一种高高地跃上去用力拥抱她的强烈欲望。然而他的所有努力都失败了。天亮的时候她离开了井台，天黑之后她回来了，她为他带来了一只獾。

他在井底，把那只獾一点不剩地全都填进了胃里。然后，开始了他新的尝试。她总觉得在她离开的这段时间里，奇迹更容易发生。她期盼着她回到井边的时候，他已经大汗淋漓地站在那里，喘着粗气傻乎乎地朝着她笑了。但是没有。天亮的时候，她再度离开井台，消失在森林里。天黑的时候，她疲惫不堪地回到井台边。她只捉到一只还没有来得及长大的松鼠。她自己当然是饿着的。但是她看到他还在那里忙碌着，忙得大汗淋漓。他在把井壁上的冻土一爪一爪地抠下来，把它们收集起来，垫在脚下，把它们踩实。他肯定干了很长一段时间了。他的十只爪子已经完全劈开了，不断地淌出鲜血来，被他抠下来的冻土湿漉漉的。她很快就明白过来了，他是想缩短井底到井口的距离。他是在创造着拯救自己的生命通道。

她让他先一边歇息着，她来接着干。她在井坎附近，刨开冰雪，把冰雪下面的冻土刨松，再把那些刨松的冻土推下井去。她这么刨上一阵，再换了他来，把那些刨下井去的冻土收集起来垫好，重新踩实。他们这样又干了一阵，他发现她在井台上的速度慢下来。他有点急不可耐了。他不知道她是饿着的，也很累，她还有伤。天亮时分，他们停了下来。他们对自己的工作很满意。如果事情就像这么发展下去，他们会在下一次太阳升起来的时候最终逃离那口可恶的枯井，双双朝着森林里奔去。但是村子里的两个少年发现了他们，跑回村子里拿猎枪来。朝井里的他放了一枪。子弹从他的后脊梁射进去，从他的左肋穿出。血像一条暗泉似的往外蹿，他一下子就跌倒了，再也站不起来。开枪的少年在推上第二发子弹之时被他的同伴阻止住了。阻止的少年指给他的伙伴看雪地里的几串脚印，它们像一些灰色的玲珑剔透的梅花，从井台一直延伸到远处的森林中。她是在太阳落山之后回到这里的。她带回了一头黄羊。但是她没有走近井台就闻到了人的味道和火药的味道。然后，她就在晴朗的夜空下听见了他的嗥叫。

他的嗥叫是那种报警的，他在警告她别靠近井台。要她返回森林，远远离开他。他的脊梁被打断了，他无法再站起来。但是他却顽强地从血泊中挺起头颅，朝着头顶上斗大的一方天空久久地嗥叫着。她听到了他的嗥叫，她立刻变得不安起来。她昂起头颅，朝着井台这边嗥叫。她的嗥叫是在询问出了什么事。他没有正面回答她，他叫她别管，他叫她赶快离开，离开井台，离开他，到森林深处去。她不，她知道他出了事儿。她从他的声音中嗅出了血腥味儿。她坚持要他告诉她到底发生了什么，否则她决不离开。两个少年弄不明白，那两只狼嗥叫着，呼吸毗连，一唱一和，只有声音，怎么就见不到另一只狼的影子？但是他们的疑惑没有延续多久，她就出现了。

两个少年是被她的美丽惊呆的。她体态娇小，身材匀称，仪态万方，她鼻头黑黑的，眼睛始终潮润着，弥漫着小南风一般朦胧的雾气，在一潭秋水之上悬浮着似的。她的皮毛是一种冷凝气质的银灰色，安静的，不动声色的，能与一切融合且使被融合者升华为高贵的。她站在那里，然后慢慢朝他们走来。两个少年，他们先是愣着的，后来其中一个醒悟过来。他把手中猎枪举了起来。枪声很沉闷。子弹钻进了雪地里，溅起一片细碎的雪粉。她像一阵干净的轻风，消失在森林之中。枪响的时候他在枯井里发出长长的一声嗥叫。这是愤怒的嗥叫，撕心裂肺的嗥叫。他的嗥叫差不多把井台都给震垮了。在整个夜晚，她始终待在那片最近的森林里，不断地发出悠长的嗥叫声。他在井底，也在嗥叫。他听见了她的嗥叫，知道她还活着，他的高兴是显而易见的。他一直在警告她，要她回到森林的深处去，永远不要再走出来。她仰天长啸着，她的长啸从那片森林里传出来，一直传出了很远。天亮的时候，两个少年熬不住，打了一个盹。与此同时，她接近了井台，把那头黄羊用力推下了枯井。他躺在那里不能动弹。那头黄羊就滚落到他的身边。他大声地叫骂她，要她滚开，别再来扰烦他。他头朝一边歪着，看也不看她，好像对她有着多么大的气似的。

她扒在井台上，尖声地呜咽着，眼泪汪汪，哽咽着乞求他，要他坚持住，只要她还有一口气，她就会把他从枯井里救出去。两个少年后来醒了。在接下去的两天时间里，她一直在与他们周旋着。两个少年一共朝她射击了七次，都没能射中她。在那两天的时间里，他一直在井里嗥叫着。他没有一刻停止过这样的嗥叫。他的嗓子肯定已经撕裂了，以至于他嗥叫断断续续，无法延续成声。但是第三天的早上，他们的嗥叫声突然消失了。

两个少年，探头朝井下看。那头受了伤的公狼已经死在那里了。他是撞死的，头歪在井壁上，头颅粉碎，脑浆四溅。那只冻硬的黄羊，完好无损地躺在他的身边。那两只狼，他们一直试图重返森林，差一点就成功了。他们后来陷进了一场灾难。

先是他,然后是她,其实他们一直是共同的。现在他们当中的一个死去了。他死去了,另一个就不会再出现了。两个少年回村子拿绳子。但是他们没有走出多远就站住了。她站在那里,全身披着银灰色的皮毛,皮毛伤痕累累,满是血痂。她是筋疲力竭的样子,身心俱毁的样子,因为皮毛被风儿吹动了,就给人一种飘动着的感觉,仿佛是森林里最具古典性的幽灵。

她微微地仰着她的下颌,似乎是轻轻地叹了一口气,然后,她朝井台这边轻快地奔来。两个少年几乎看呆了,直到最后一刻,他们中的一个才匆忙地举起了枪。枪响的时候,停歇了两天两夜的雪又开始飘落起来了。

那些温馨

菁菁校园，有你，有我，有那一幕幕温馨的画面。

那是樱花如云，碧波荡漾的春日。课上，我动情地朗读着那篇《狼行成双》，孩子们专注地听着，教室里鸦雀无声。读到高潮处，我声音有些哽咽……我不敢看台下，我背过脸朝向黑板。

这时，我看到一只胖胖的小手伸到我眼前，那是前排的一位小男生。只见他手里拿着一包面巾纸，迅速抽出一张递给我，又迅速回到了座位。

我回转身子，向他投去感激的一瞥。他点点头，报以会意的一笑。那笑容，像童子面茶花。

……

一节课又结束了，我大步赶回办公室，坐下，喝口茶，松松肩，伸了个懒腰。从早晨七点半到现在，两个多小时了，我这才有空回办公室。休息片刻吧，接着还有早上交上来的作业要批改呢。我要赶着午休时反馈作业，让孩子们及时订正。奋笔疾书间，又过去了一节课。

"报告！"门口两个女生探进头来，看我点头后，她们手里拿着一沓默写纸走了进来。

"老师，这是你早上忘在讲台上的，我们中午还要订正呢。"

我接过码得整整齐齐的随堂默写，发现上面竟然用红笔批改过了，并且按学号都排好了。她们用了两个课间的时间吧？我惊讶地抬起头来，那两个小姑娘正得意地冲我做鬼脸呢。没等我说话，她们已经咯咯笑着，鸟儿般的飞出了办公室。

……

"明天春游喽！"不知谁从办公室听来了消息，立刻有几个"小喇叭"跑回教室广播了。等我放学来到讲台，他们早已分好小组了。

第二日，大家背着零食，带上扑克，手持足球，叽叽喳喳在操场上等候着。大巴车一辆一辆地开过来。那几年是一个班坐一辆车，总有几个学生要站着。他们上车的时候，是女生排队先上，男生则绅士般的紧随其后，我是最后一个上去的。

我站在过道上清点人数，提醒大家注意安全。安静片刻后，车厢前后突然有两组声音相继唱道："老师过来，老师过来！我们留的，你的专座！"前排女声，后排男声，高低唱和，颇有意味。我定睛一看，可不是吗，前排两个女生，后排几个男生，各围着一个空座，领着周围人呐喊。

我心头顿时一颤，上次秋游的一幕又浮现在眼前，那次我是坐在前门的台阶上的。才半年呀，孩子们已经长大了。

我略一愣，随即安排两个女生坐下，说道："我到后排看看吧。谢谢男孩子，谢谢女孩子！"

我曾说过，男孩子要培养绅士风度，女孩子要塑造淑女风范。不知何时，那些话，已如点点春雨般浸润到他们的心田了。

生活中，有多少个不经意间的温馨呀。

后 记

　　美国作家纳塔莉说:"作家有两条命,他们平常过着寻常的日子,在蔬果杂货店内,过马路和早上更衣准备上班时,手脚都不比别人慢。然而作家还有受过训练的另一部分,这一部分让他们得以再活一次。那就是坐下来,再审视自己的生命,复习一遍,端详生命的肌理和细节。"

　　我只是一个中学教师,并非作家。但是,写作对于我,已成为一种生活方式。于尘世之外,我会安静审视自己的生活,如电影镜头回放一般,我会细细地去打量,去思考,去咀嚼,去品味,去珍惜,去爱……

　　《时光深处》大部分篇目是我在最近这两三年内写成的,写的是生活中的琐事与点滴感悟。编选时我又重读了一遍,几乎没有改动,我知道,我写的每一个字是用心用情的。

　　感谢出版社让我有机会编辑成册。

　　感谢我的父亲和已故的母亲,是他们的爱与熏陶,让我幼小时心中便埋下了文学的种子;感谢我的弟弟妹妹,他们的陪伴让我的童年丰富多彩;感谢我的老公和一对儿女,他们给了我极大的鼓励和支持。他们的爱是我写作的动力和源泉。

　　感谢我的读者们。

郭 瑾

2020.9.3 于南京